Un Millón
de años después

DINO

Reservados todos los derechos.
No se permite la reproducción total o parcial de esta obra, ni su incorporación a un sistema informático, ni su transmisión en cualquier forma o por cualquier medio (electrónico, mecánico, fotocopia, grabación u otros) sin autorización previa y por escrito de los titulares del copyright. La infracción de dichos derechos puede constituir un delito contra la propiedad intelectual.

Ibukku es una editorial de autopublicación.
El contenido de esta obra es responsabilidad del autor y no refleja necesariamente las opiniones de la casa editora.

UN MILLÓN DE AÑOS DESPUÉS
Publicado por Ibukku
www.ibukku.com
Diseño y maquetación: Índigo Estudio Gráfico
Copyright © 2018 DINO
ISBN Paperback: 978-1-64086-303-3
ISBN eBook: 978-1-64086-304-0

Contenido

FIESTA	5
TORMENTA Y SERES DE LUZ	23
SERES DE LUZ Y CRIATURAS	35
ARENAS SIN SABOR	53
MATADERO	71
GUARDIANES DEL UNIVERSO	79
ANCIANOS GALACTICOS Y GABRIEL	87
REGRESO	111

FIESTA

Fin de semana en el pequeño pueblo de Utar, ubicada a las afueras de la gran ciudad. La casa de color crema con puertas blancas y ventanas del mismo color, muy cuidada y prolija por cierto, no desentona con el resto de las demás. Hay buena música… muy buena música. Los chicos jugando en el fondo del enorme patio. Dos de ellos en el columpio o hamaca, los otros dos jugando con una pelota de color rojo y negro, las personas que entran y salen de la casa. Buen aroma de la comida… cómo no va a tener buen aroma ¡si es carne asada!

La mujer que canta al compás de la música, el hombre que la imita con una copa de vino en su mano derecha.

Todos se ven alegres y felices disfrutando el momento. Tom, que es el dueño de la casa, viste con short color beige y remera blanca; calza unas ojotas de color marrón y sostiene en su mano una copa de vino tinto. Sale de la casa y se para frente al hombre que en ese momento saca un pedazo de carne para saber si todo está listo. Trozó el pedazo que colocó sobre una madera llevando uno de ellos a la boca y asintió con la cabeza al tiempo que hacía señas a Tom para que tomara él también, ante lo cual éste lo hizo. Después asintió con su cabeza, levantando su pulgar izquierdo.

Carlos se ríe de buena gana y pregunta:

—¿Qué te parece?

—Me parece espectacular —dijo Tom—. Te quedó espectacular.

Carlos sonrió y añadió:—Diles que todo está listo.

—¡Okey! —contestó Tom.

Carlos es el mejor amigo de él desde la infancia, es el padrino de su boda, es un hombre que ronda los treinta y pico de años. Delgado, mediana estura y unos profusos bigotes. Tiene puesta una camisa azul con short y sandalias al tono.

Alexis, quien es la mujer de Tom, aparece con dos enormes bandejas plateadas. Es una mujer muy bonita de unos cuarenta años, está casada con Tom desde hace alrededor de veinte años; tienen dos hijos en común: Leslie de trece y Miguel de once años, respectivamente. Su short blanco hace contraste con su morena piel. Cuerpo esbelto, cabellos castaños ondulados hasta su cintura. La remera color crema deja ver los atributos que le ha otorgado el Creador.

Mientras tanto, los niños estaban jugando y bebiendo jugo de naranja. —¿A qué hora comemos? —preguntó Leslie.

Carlos se dirige a ellos y les hace señas al tiempo que les indica: —¡Ya es hora, muchachos!

Alexis sostiene una bandeja con sus manos, Carlos comienza a sacar todo de la parrilla: carne de res, pollos trozados, y Paty, pimientos, etc.

Es el momento en que todos los chicos entran corriendo dentro de la casa haciendo mucho bullicio, ante lo cual Patricia les dice que se calmen un poco. Ella es la mujer de Carlos, una atractiva mujer de ojos claros, de piel blanca y mirada melancólica. Su vestido resalta con el color de su piel. Está controlando que todo este correcto.

Alexis se acerca a la mesa con la bandeja, Tom se acerca por detrás y le susurra algo al oído, al tiempo que le da de beber de su copa. Ella sonríe y deposita lo que tiene en sus manos y le da un pequeño golpe en el estómago con su codo izquierdo y con guiño cómplice hacia Pato, como todos le dicen, como quien tiene todo fríamente calculado:

—Veremos si te conservas como antes —y lanza una sonrisa picarona.

Carlos apoya la bandeja de madera sobre la mesa, que tiene puesto un mantel blanco, mientras Pato sirve vino en las copas.

Juan, que es el hijo de Carlos, está sentado junto a Leslie y le pregunta a su madre cuándo le daría una hermanita. Pato lo mira y le contesta suavemente que lo duda mucho, al tiempo que gira sobre sus pasos y baja el volumen de la música.

Todos se sientan a la mesa y comienzan a comer en el amplio salón pintado de blanco, con la escalera al fondo de color madera oscura.

Tom está sentado en una punta de la mesa, degustando la carne que acaba de hacer su amigo.

Todos comen casi en silencio, rodeados por la tenue música de fondo.

Alexis comenta mirando a Carlos:

—De verdad que esta vez te quedó re-bien, como si fuese la última vez que lo vas a hacer.

Todos ríen de buena gana, de la premonición que acaba de decir ella.

Carlos la mira y responde en tono burlón:

—¿Qué le voy a hacer? ¡Soy muy bueno para esto!

Pato lo mira al tiempo que sorbe un trago de vino.

—No alardees demasiado, recuerda la vez que tuvimos que comer pizza.

Todo ríen y Carlos comenta en su defensa:

—¡Eso fue al comienzo!

Todos ríen de buena gana, entrelazados en una charla trivial. Era el cuadro perfecto de la felicidad, pero como dice el dicho popular: "Alegrías en un pobre, son anuncios de un pesar"

Sentado en una punta de la mesa con la copa de vino en su mano derecha, Tom le pregunta a su amigo:

—¿Cómo te va en ese nuevo puesto de trabajo que tenés?

Carlos le responde, al tiempo que le sirve un poco más de vino a su señora:

—Hasta ahora todo va bien, no puedo quejarme. Pero bueno, recién empiezo y tengo mucho que aprender por delante.

Pato está sentada junto a su esposo, que está en la otra punta. Es una mujer de unos cuarenta años, alta, delgada, figura de secretaria ejecutiva —que por cierto lo era— fue ella la que continuó con la respuesta: –Él no está muy conforme con ese trabajo, para serte franca. Pero bueno, es lo que apareció en su camino y lo tomó, por los chicos y por mí.

Los chicos hablan de moda de zapatillas, del último celular. Juan, que es hijo de Carlos y de la misma edad que Leslie, comenta cómo a su hermano, un año menor que él, gusta de una compañera de su aula en la escuela, pero ésta no le presta atención, según él.

Leslie lo observa con esos ojos color miel como su madre, que parecen reír cuando le gusta algo.

Su hermano la delata ante todos:

—A ella le pasa lo mismo —dijo al tiempo que la señalaba—, su compañero de aula está enamorado de ella.

Los ojos de la pequeña parecen reír a carcajadas, menea su cabeza en señal de que no está para eso. Alexia la observa con una sonrisa y los ojos de su hija parecen traerle recuerdos de cómo su padre estuvo mucho tiempo detrás de su amor. Tom le pregunta:

—¿Es verdad? ¿Y tú estás interesada?

La preadolescente menea su cabeza en señal de negación y luego admite:

—Puede que el chico esté interesado en mí, pero yo quiero terminar mis estudios primero. Las dos mujeres aplauden la actitud de la niña.

Pato, sacando completamente de contexto lo que estaban hablando, le dice a Tom:

—De verdad que este vino tinto está muy, pero muy delicioso.

Tom, interrumpiéndola, le comenta:

—Me lo regaló mi jefe. Es un vino griego, de la última vez que estuvo por allá trajo dos cajas y me regaló una a mí.

La comida desapareció de los platos, debido al apetito voraz de los comensales.

Alexis bebe un sorbo de vino al tiempo que cuestiona el trabajo de su marido, que es chofer de un camión que transporta vacas, porque hay semanas en que no lo ve y lo compara con su amigo.

Carlos acota:

—Estoy de acuerdo que no lo ves seguido, ¡pero el salario es el triple que el mío!

Tom responde:

—Así es, Carlos, pero gracias a que no estuve toda la semana pasada, se me dio esta oportunidad para estar con mi familia. Mañana al mediodía nos encontraremos en una isla paradisiaca disfrutando de un aniversario más con esta belleza… —sus amigos sonríen.

Estuvieron así por espacio de una hora, hablando, degustando el vino griego que trajo Tom. La botella quedó sin su preciado líquido.

Comenzaron a recoger la mesa y los chicos colaboraban también.

Los hombres sentados a la mesa observaban cómo las mujeres llevaban los utensilios.

Tom le susurra por lo bajo a Carlos que fue muy afortunado de haber encontrado una mujer como Alexis.

—Y vos también —añade guiñándole un ojo a su amigo. Éste le responde:

—Sí, es verdad, pero hemos tenido nuestros altibajos como todo matrimonio, pero los hemos sorteado.

—Igual al mío —acota Tom—. Hemos encontrado enormes obstáculos en nuestro sendero, pero al igual que tú, los hemos vencido.

La música sonaba suave y envolvía todo el salón con cortinas de telas griegas que le habían regalado a Tom. Mientras tanto, los hombres seguían charlando animadamente.

Pato limpió la mesa y luego colocó varios pequeños platos en el centro de la mesa. Su marido le pide que se acerque, para luego robarle un tierno beso. Tom aplaudió esta acción. Alexis terminaba de colocar todos los utensilios en el lavaplatos. Los chicos, sentados en el enorme sofá de cuero color marrón del living, jugando en la consola de videojuegos, hablando y haciendo algarabía.

Pato pregunta si los caballeros desean tomar una taza de café o té. Los hombres responden casi al unísono por la primera oferta.

El aroma del café envolvía toda la casa, al tiempo que Alexis llevaba los sobrecitos de azúcar y los dejaba en la mesa.

Los cuatro sentados degustando el delicioso café latino. (Pónganle ustedes la marca que más les guste).

Alexis contaba cómo tuvo suerte de conseguir un buen paquete de vacaciones, a lo que Pato mira atentamente a su amiga. Carlos bebía sorbo a sorbo y aspiraba el aroma del café, como quien degusta un cigarrillo después de una larga continencia. Pato le pregunta si tuvo una ardua tarea para conseguir ese paquete y Alexis le responde:

—¡Oh, sí, claro que fue arduo! Había cosas que en un paquete tenía y el otro no, ya me estaba dando por vencida cuando en una de esas agencias hablé con el manager y me dio un descuento especial. Hablé con tantas agencias que a estas alturas ya no recuerdo los nombres.

—Pero bueno, lo que cuesta vale —añadió Pato.

—Así es —afirmó Alexis, pare luego acotar—: Tuve que usar toda mi astucia femenina.

Largaron a reír con esa ocurrencia de ella.

En medio de toda esta felicidad y relajamiento, Tom comienza a hablar diciendo que su jefe lo va a recompensar por haber sido leal y estar en los momentos más críticos de la planta. El jefe está a punto de jubilarse y lo estaba insinuando para que ocupara su sillón.

Carlos le preguntó si estaba preparado para tamaña responsabilidad. Tom asiente con la cabeza y se encoge de hombros, como dando a entender que todavía estaba un poco inseguro y confundido por la propuesta. Pato preguntó:

—¿Te escogió a ti?

—Sí —contestó él, al tiempo que clavaba la vista en el pocillo de café que sostenía en su mano derecha. Carlos le preguntó a Alexis cuántas horas de vuelo tendrían, ella le respondió que varias horas, pero valía la pena porque esa playa tenía arenas blancas y el paquete era económico.

Estaban todos hablando de lo que ellos harían al llegar a ese lugar, cuando en ese peculiar momento sonó el teléfono rojo que estaba ubicado en la pared de la cocina. El dueño de casa sintió un pequeño frío recorrerle por la espalda, se sintió incómodo, quizás el sexto sentido humano le estaba previniendo de algo inesperado, cual ave negra, para arrebatarle la felicidad de ese momento.

Fue Leslie la que contestó:—Hola ¿quién es?

—Hola cariño —sonó la voz del otro lado, ronca, áspera y sin más vueltas le ordenó—: Dale el teléfono a tu Papi, cariño.

La niña le hacía señas con el dedo que la llamada era para él.

Tom se hizo señas a sí mismo.

La niña asintió con su cabeza. Tom frunció el entrecejo y se levantó, caminó lentamente hacia él sintiendo el presagio, como un algo retumbando en su cerebro, pero tomó valor. Con las manos transpiradas por los nervios y sin saber por qué, tomó el teléfono de la mano derecha de la niña y puede jurar el oler el aroma del toscano saliendo por los pequeños orificios del teléfono.

Tomó valor y contestó:

—Hola, sí ¿quién habla?

Al otro lado la voz sonó grave e imperativa: "Disfruta del último sorbo de café, porque necesito tu trasero urgentemente."

—Pero…pero —balbuceó Tom— es que tú sabes que parto mañana, no me puedes hacer esto. ¿Qué le digo a Alexis?

—Te necesito muchacho, te necesito. El camión está cargado y varado. Necesito que lo recojas y lo traigas a la planta, eso es todo. ¡Ah! y con el vuelo no te preocupes, que está todo cubierto ¿Okey? Tom giró su cabeza hacia la mesa, seis pares de ojos lo taladraban desde allí.

Quedó completamente paralizado, todo le daba vueltas. Sus vacaciones… al tiempo que miraba a Alexis y bajaba la vista, se rascaba la cabeza y se frotaba la panza con su mano derecha. No sabía qué contestar. La casa se llenó de un aire frío, pesado y premonitorio que se colaba por la puerta, como una visita no esperada que traía regalos no deseados. Al tiempo que a Alexis se le hacía un nudo en estómago, sabía que la única persona que ponía a Tom en ese estado era su jefe. No solo por su imponente figura, pues medía más de dos metros de alto, gafas gruesas, fumador empedernido de toscanos, con una barriga grande y redonda. —Tanta carne de res te está poniendo sordo —sonó del otro lado la voz—. Sabes que pronto me retiro muchacho y quiero que tú te sientes en este sillón y que tus cheques tengan la misma cantidad de números que los míos, así que ven, necesito tu trasero en el camión, ¿lo oyes? Llámame cuando estés en camino.

Muévete muchacho, que llegarás tarde a esa playa de arenas blancas —espetó la voz al tiempo que colgaba.

Con las manos temblando colgó el teléfono. Caminó y se sentó aturdido, como si una estampida le hubiera pasado por encima. Todos le miraban. Colocó sus dedos detrás de la cabeza y con la mirada fija en la mesa dijo:

—Era mi jefe —luego no dijo nada más. Mientras seguía en esa posición, un silencio sepulcral ganó la pulseada a la felicidad.

Alexis leyó la mente de su marido pero no dijo nada. Golpeó la mesa con las dos manos haciendo temblar todo lo que había sobre ella, al tiempo que miraba con furia al teléfono, con esa mirada que solo ella poseía en esos ojos color miel y que enamoró a Tom desde que la vio.

Carlos y Pato trataban de tranquilizarla, pero sentados. Le pedían que se sentara y que escuchara lo que su marido tiene para decir.

—Es que ya lo sé —contestó ella.

Meneaba su cabeza de un lado al otro en señal de negación, luego le pidió un cigarrillo a Carlos. Este titubeó un instante, al tiempo que miraba a Pato y esta asentía con un leve movimiento de cabeza, casi imperceptible para todos. Encendió el cigarrillo con la mano temblorosa, pero al darle un par de bocanadas, su humor se fue calmando de a poco. Exhalaba el humo por la boca y sus fosas nasales. Le supo suave y rico… ¡Hacía cuánto que no probaba uno! Y entonces preguntó lo que no quería escuchar:

—Quiere que te vayas ahora ¿verdad?

—Sí —contestó Tom en tono lacónico.

Ante toda esta acción, los niños bajaron el volumen del videojuego y comenzaron a cuchichear entre ellos. De tanto en tanto miraban de reojo a la mesa.

Pasaron unos minutos y Tom comenzó a hablar mirando fijamente la mesa, luego le pidió un cigarrillo a su amigo. Dio una enorme bocanada a este para luego exhalarlo por la boca, como queriendo inundar su mente con el humo para no pensar. Luego acotó:— Quiere que me lleve un camión que está varado en determinado lugar que él me dirá cuando esté en camino. Sabes que esto es así, amor. Gracias a él tenemos todo lo que tenemos. Sabes que soy la mano derecha, que pronto voy a ocupar su lugar —y exhalaba el humo por la nariz—. No me queda más remedio que obedecer.

Luego levantó su mirada hacia su señora y le dijo:

—Ve tú con los niños, yo te veré allá.

Alexis lo miró dura, pero con un toque de ternura a la vez, al saber que ese hombre estaba dispuesto a sacrificarse por ella y los niños.

Carlos y su esposa lo contemplaban. Fue Pato la que mirando a Alexis le dijo en forma de consejo:

—Puedes ir tú primero y luego él te ve allá.

Ella no contestó nada, al tiempo que aplastaba la colilla en el cenicero que Carlos trajo cuando Tom estaba hablando por teléfono.

Alexis habló a su amiga:

—Es que ya lo teníamos todo planeado desde hace un par de años, ir de vacaciones para nuestro aniversario, lejos del bullicio de la urbe, tiempo para nosotros con los chicos, ¿entiendes Pato? Ella asintió con la cabeza al tiempo que sorbía un poco de café, que a esas alturas estaba frio.

Alexis gritó con fuerza: —¡Leslie, Miguel, vengan!

Los chicos dejaron todo y se aproximaron a ella. Les ordenó que subieran a sus cuartos y terminaran de empacar sus maletas, que partirían mañana en la mañana.

Leslie le preguntó: —¿Quién era ese hombre con voz gruesa? —Ella miró con dulzura a su hija y respondió—: Era el jefe de tu Papi.Los chicos comenzaron a subir las escaleras.

Carlos, mirándola, le dijo:

—No te olvides de que muy pronto él será encargado de todo y quizás hará lo mismo con algunos de sus empleados en el futuro.

Quería sacarla de ese pozo en el que se había sumergido.

Pato se levantó y comenzó a acariciar la voluminosa cabellera de su amiga. Esta le tomó la mano, girando su cabeza la miró y le dio las gracias por estar siempre con ellos.

—Para eso somos amigos ¿no? —le respondió ella. Carlos se levantó a tirar en la basura los restos de colilla y al regresar, le colocó las dos manos en el hombro de su amigo, diciéndole:

—Fuerza, amigo… ¡fuerza!

Tom se levantó y se dirigió hacia la habitación de los niños.

Parado en el umbral de la puerta observó a los chicos ensimismados con sus maletas. Leslie lo vio y gritó:—¡Papi, ven!

Él se aproximó y los tomó a ambos por la cabeza, luego les dijo:

—Sé que no les va a gustar lo que voy a decir... Papi tiene que hacer un corto viaje y luego los verá en la playa.

Ellos se sorprendieron por las palabras que acaban de escuchar.

—¿Pero no era que íbamos a viajar todos juntos? —le respondieron los dos.

En ese momento entraron los otros dos niños corriendo. Leslie le reprochó:

—¡Pero vos le prometiste a Mamá que iríamos todos juntos!

Tom se entristeció un poco y los ojos se le pusieron vidriosos, o mejor digamos, a punto de llorar.

Estaba parado dando su espalda a la puerta, los besó a ambos en la cabeza, luego les abrazó con infinita ternura y los otros chicos se unieron a ese abrazo fraternal y único. Luego levantó su cabeza y su vista se clavó en ese sol que languidecía. Unas lágrimas rodaron por sus mejillas, como una premonición de algo oculto por devenir. Giró para salir y se encontró con Alexis, que contemplaba la escena con ternura de corazón de madre y mujer después. Pudo palpar ese sentimiento en esa mujer que tan bien lo conocía.

Caminó hacia ella, la abrazó con fuerza y la besó con infinita pasión, como si presintiera que nunca más la volvería a ver. Los chicos aplaudieron ese acto y ella correspondió al beso.

Bajó las escaleras y tomó su mochila azul que estaba preparada. Rápidamente abrazó con fuerza a Carlos, besó a Pato y caminó hacia la puerta.

Estando sentado en su coche, su esposa se acercó y lo volvió a besar y le dijo, mirándolo fijamente a los ojos:

—Mañana te veo ¿Okey?

La miró con todo el amor que sólo sentía por esa mujer y la volvió a besar.

—Recordaremos nuestros viejos tiempos —le dijo, al tiempo que ponía reversa al coche para salir.

TORMENTA Y SERES DE LUZ

Jorge colgaba en ese momento el teléfono en el que había tenido una pequeña charla con su mujer. Fumaba toscanos de primera calidad, saboreaba y contemplaba el humo que inundaba la oficina, toda empotrada en madera. Se incorporó para luego dirigirse hacia la enorme ventana. Contemplaba el enorme estacionamiento, donde estaban ubicados más de cien camiones. Recordó cuando él recién comenzó en esta planta, podía contar los camiones viejos y destartalados con los dedos de una sola mano. Se sintió orgulloso por partida doble, porque sabía con certeza que la única persona que reunía todos los requisitos para ocupar su sillón era justamente Tom.

En ese momento él viajaba por la carretera solitaria y libre de congestionamiento. Sus pensamientos volaban junto a su familia, ya la oscuridad le había ganado la pulseada a la luz; se sentía un poco desilusionado por su jefe, otro por Alexis, que a veces entendía su trabajo y otras veces no.

De pronto, en una curva, el enorme camión se dirigió hacia él. En el último instante logró esquivar el enorme bólido que transportaba maderas. Se aferró al volante con las dos manos, al tiempo que miraba por el espejo retrovisor cómo estuvo a punto de ser arrollado por el enorme camión.

La luna llena brillaba en todo su esplendor. Sonó su celular, respondió y la voz ríspida y seca sonó del otro lado. Era Jorge.

—Tom, el cliente llamó, me dijo que te están esperando ¿dónde estás?

El lugar tú lo conoces —y comenzó a explicarle dónde era y por cual camino se llegaba— has estado allí hace algún tiempo ¿recuerdas?

—Sí, Jorge, ahora que me lo mencionas, sí lo recuerdo. Más adelante tomaré el camino correcto, estoy viajando para allá.

—Recuerdas donde es ¿correcto?

—Así es, conozco el lugar —replicó Tom— sé cómo llegar, no te preocupes Jorge, todo va a estar bien ¿Okey? —alegó él— estoy allí como en dos horas —continuó diciendo.

—¡Okey! —dijo Jorge y colgó el teléfono y se sentó en el mullido sillón de cuero color negro. No había fin de semana para él, la mayoría venía y estaba un par de horas, para luego regresar a su casa.

También solía tener discusiones con su mujer, pero al fin y al cabo la soportaba. Mientras se recostaba en el sillón, su mente envolvía toda la planta, analizándola.

El coche salió del camino asfaltado para internarse en un camino polvoriento, los faros de su coche iluminaban el solitario camino rodeado de árboles a los costados. Árboles altos y frondosos.

Apagó las luces de su coche para comprobar la soledad del camino. Era verdaderamente solitario y oscuro. Volvió a encender las luces, la luna llena emitía su mortecina luz de hombre lobo. Tom pensó por unos instantes: "Noche especial de hombres lobos." Luego rio por lo bajo. El coche estuvo rodando lentamente en ese camino por al menos media hora y luego se bifurcaba en dos.

Detuvo su coche y quedó un rato pensativo… luego tomo el de la derecha. Avanzó un poco más lento, los árboles y a veces los arbustos a los costados, lo seguían permanentemente. No estaba muy seguro si este era el camino correcto. Pasaron unos veinte minutos cuando la casa de dos planta de madera apareció a su costado izquierdo, fue esa la señal de que estaba equivocado. Frenó el coche lentamente al pasar esta y puso reversa al coche para volver por donde había venido, cuando los enormes mastines aparecieron súbitamente ladrando. Uno de ellos trataba de morder las gomas del coche. Pensó: "¿Cómo es posible que estos feroces animales estén sueltos?" Al pasar nuevamente por el frente de la casa, se detuvo unos segundos para tocar bocina continuamente, como alertando a los dueños y recordó que la primera vez que vino le pasó lo mismo, y eso que era de día. Aceleró su coche un poco, seguido por los ladridos de los canes enfurecidos, como si el camino fuese su territorio. La polvareda los cubrió por completo y maldijo por lo bajo al no haber acertado el camino; luego miró el espejo retrovisor y observó que estos dejaron de perseguirlo. "Te apuesto que si aparece el hombre lobo, se meten todos bajo de cama" —susurró y sus palabras le causaron gracia y se puso a reír.

Ya en el camino correcto trató de avanzar más rápido. La nube de polvo dejada por las ruedas parecía fantasmas siguiéndole. Pasó un par de casas a su costado derecho y luego pudo divisar la casa a lo lejos. "¡Allí es!" —Se dijo a sí mismo. Atravesó el enorme portón que estaba abierto y manejó con más precaución.

Llegó a la casa y los faros de coche iluminaron a los dos hombres que lo estaban esperando ansiosos.

Uno de ellos casi corrió a saludarle. Bajó del coche y lo saludó estrechándole la mano, saludándole amablemente al tiempo que preguntó:

—¿Qué pasa, Juan? ¿Qué pasa con el camión?

Juan lo miró con cierta pena, es apenas un muchacho que no hace mucho tiempo que está en la planta y sabía lo de su viaje.

—¡Lo lamento mucho, Tom! De veras que lo lamento —se excusó este.

—Ya estoy aquí y eso es lo más importante —le respondió Tom.

Caminó unos pasos y extendió su mano al propietario, que lo miraba feliz de que hubiera llegado, es Marcos.

Este lo saluda efusivamente y lo palmea en el hombro derecho al tiempo que exclama:

—¡Qué bueno de verte por aquí, muchacho! —para luego pasar a explicarle que su colega podía llegar a tener problemas por la carga si este era detenido por la patrulla caminera, ya que los animales que transportaba eran de tres dueños diferentes y que si llegado el caso, con tanta mala suerte lo detenían, este era demasiado joven y no tenía tanta experiencia en el manejo de los papeles como lo tenía él.

Tom asintió de buena manera con la cabeza y preguntó por la documentación de los animales.

Marcos, quien es el dueño del camión, pero no de la carga, le extiende un enorme sobre de color azul, en el cual estaba toda la documentación requerida.

Tom tomó el paquete al tiempo que giró su cabeza y le habló a Juan:

—Puedes irte si quieres.

Las llaves del coche están puestas.

Juan asintió con la cabeza, estrechó la mano a Marcos y caminó hacia el rodado.

Tom se dirigió hacia el camión que estaba estacionado a unos cuantos metros de la casa de campo, luego trepó al camión y controló toda la carga personalmente. Se sorprendió porque estaba cubierta por una lona. Bajó y el dueño le preguntó:

—¿Todo bien, Tom? Dio una señal positiva con su cabeza para luego decir:

—Sí, Marcos, está todo bien.

Luego lo miró como que iba a preguntarle algo, pero luego desistió, quería volver lo más antes posible a su casa.

Subió a la cabina del camión en marcha y observó que su auto se perdía en la oscuridad de la noche. Salió despacio, saludó con la mano izquierda al dueño y enfiló hacia la salida.

A lo lejos, en el horizonte, creyó ver o percibir pequeñas nubes negras, como una tormenta gestándose a lo lejos, que avanzaba hacia el lado al que él tenía que conducir.

Mientras tanto, los chicos terminaron de empacar sus maletas, bajaron estas con la ayuda de su madre y las colocaron junto a la puerta; dieron la última inspección ocular para ver si todo estaba correcto y Alexis abrazó a los niños con ternura, los besó y dijo:

—Todo está listo, vamos a la cama que mañana a primera hora pasa Carlos a recogernos.

Asintieron con la cabeza y comenzaron a subir la escalera.

Alexis estaba en la ducha cuando su celular comenzó a sonar. Nadie contestó. Luego el de la casa, Leslie fue la que respondió:

—¿Hola?—Hola hija —sonó la voz del otro lado.

—Papi ¿todo está bien? —preguntó la niña.

—Sí amor, todo está bien. Estaba llamando para hablar con tu mami.

—Pienso que se estará duchando —respondió ella— porque como sabes, mañana tenemos que salir muy temprano.

—Está bien querida, trataré luego.

Alexis salió de la ducha, el espejo que ocupaba casi toda una pared, le devolvió su escultural cuerpo. Tomó una toalla de color rojo, su color favorito, y se cubrió del pecho hacia abajo; luego se puso una en forma de turbante en su cabeza y aspiró el delicioso aroma de la vela aromática que había encendido antes de entrar a la ducha.

Sentada frente al espejo se contemplaba al tiempo que sus pensamientos volaban hacia el otro día.

Se imaginaba totalmente relajada esperando la llegada de su marido, con los chicos viéndolos jugar en la arena blanca, porque supuestamente esa playa la tenía. Ambos sentados al crepúsculo y tomando alguna bebida…

Suspiró hondo al tiempo que se untaba todo el cuerpo con crema humectante. De repente, entre tanta vorágine, se le antojó un cigarrillo, como que los nervios le pedían a gritos. Abrió el cajón de la cómoda donde estaba sentada, metió su mano hasta el fondo de este, donde solía guardar siempre un paquete… ¡bingo! Encontró uno sin abrir. Comenzó a tararear una canción, cual pequeña que recibe un premio de su madre, lo abrió y extrajo uno con esos sensuales labios que posee. Se acercó con él en la boca y lo encendió en la llama de vela. Aspiró el humo profundamente, como para aplacar todos los contratiempos en una sola bocanada. Clavó su mirada en ella y vio salir el humo por sus fosas nasales y su boca. Quedó pensando un rato… tener que viajar sola con los chicos, esperar a Tom con la esperanza de que su jefe consiga un nuevo ticket de vuelo. Seguía fumando con la vista clavada en ella, el sonido del su celular la sacó de ese trance.

Era Tom el que llamaba, tomó el celular con su mano derecha y contestó:—¡Hola, amor!

—¡Hola, bebé! —respondió él— ¿Cómo te encuentras? ¿Y los chicos?

—Los chicos se fueron a su cama y yo estoy bien, un poco estresada por todo lo que está pasando, pero bueno, lo importante es que mañana a la noche estaremos todos juntos disfrutando de una cena paradisiaca.

Él, con las dos manos al volante y hablando por altavoz, le respondió:

—Te entiendo cariño y te doy las gracias por estar siempre conmigo, buenos momentos o malos, pero bueno, te quiero —susurró Tom.

—Yo también te quiero —replicó ella.

—Que tengas buenas noches, cariño y un buen viaje con los niños. —Cuídate y espero que de esa entrega de animales, salga todo bien para poder verte pronto.

—Te quiero mucho —repitió, cuando a lo lejos divisaba unas enormes nubes negras que se agigantaban a medida que avanzaba— Todo estará bien como vos decís, para mañana a la noche —y colgó.

El teléfono sonó en la oficina y Jorge lo tomó con la mano izquierda y contestó:

—¿Hola? ¿Qué está pasando, muchacho?

—¡Tormenta! —exclamó

— ¡No, no! —negaba con la cabeza al tiempo que miraba a través de la ventana.

—Tómalo con calma, muchacho. ¿Dónde estás?... Oh, eso es a un par de horas de aquí. Tengo buenas noticias para ti —prosiguió Jorge— mañana cuando el avión toque tierra, tú partes desde aquí, así que muévete y llegarás a tiempo para una cena bien romántica, todo pagado, cortesía por la demora ¿Okey? —asentía mientras sostenía el toscano con los dientes

—Okey muchacho, te tengo que dejar ir... —y colgó.

Se levantó y caminó hacia el baño, apagó la luz, controló que todo estuviera en orden desde la puerta de su oficina, o mejor dicho, hizo inspección ocular. Apagó las luces, cerró la puerta y al cerrar con llave escuchó que el teléfono comenzó a sonar. Abrió y contestó de mala manera, sin antes ver quién era el que llamaba.

—¡¿Qué necesita ahora tu redondo y gastado trasero?!

Del otro lado la voz, visiblemente ofuscada, le responde: —¡Así que tengo un redondo y gastado trasero! ¿Por qué contestas así? El toscano que fumas no te deja pensar claramente.

—Amor, amor —balbuceaba Jorge tratando de apaciguar el ánimo de su señora— déjame que te explique.

Estuvo así por unos cuantos minutos, hasta que su señora aceptó el malentendido. Colgó y mirando el teléfono masculló: "¡Mujeres, mujeres! ¡Todas en una!"- Caminó, subió a su coche y en la puerta saludó al de seguridad que le abrió el enorme portón de color negro.

—¡Que tenga buenas noches! —saludó al vigilante.

—¡Usted también, señor! —saludó recíprocamente este.

El hombre de seguridad estaba cómodamente sentado leyendo, cuando observo a través de la ventana las luces que se aproximaban. Era Juan, que llegaba con el coche de Tom. La puerta de metal comenzó a abrirse lentamente, saludó al guardia y avanzó hacia el amplio estacionamiento. Dejó el coche, caminó unos metros y subió a su coche, arrancó y volvió a salir por el portón, no sin antes detenerse para entregar las llaves del auto que acababa de estacionar. Saludó y partió raudamente.

El camión avanzaba velozmente en la carretera. Tom vestía jeans azules con camisa cuadriculada color rojo y zapatillas negras de cuero. Estaba ansioso por llegar, esas nubes que había visto hacía una hora ya comenzaban a estar sobre él, haciendo más negra la noche. La magia de la luna llena había dado paso a esta imprevista tormenta. Tormenta —pensó Tom— tormenta severa, con rayos y truenos.

Siguió avanzando por esa carretera oscura, donde las únicas luces eran las de su camión. De pronto, unas gotas enormes comenzaron a estrellarse sobre la cabina haciendo un ruido estremecedor. El viento comenzó a soplar con más y más velocidad, aminoró la marcha, ahora la lluvia casi le impedía avanzar raudamente; aminoró más la marcha del camión, pensó en detenerse al costado del camino, pero quería avanzar para llegar cuanto antes. Pensó en los animales, pero luego recordó que el dueño los había cubierto con una carpa a modo de techo y ellos estaban protegidos. Él sabía algo de la tormenta, pero no se lo comentó.

SERES DE LUZ Y CRIATURAS

El camión avanzaba lentamente por el camino, parecía que era el único camión del planeta. Observaba atentamente la ruta buscando dónde estacionarse, el agua caía a torrentes, como queriendo ahogar los pecados del ser humano. Avanzó un largo trecho hasta que el enorme camión salió de la ruta despacio y se estacionó. Tomó el teléfono y llamó a su mujer, del otro lado contesta la voz:

—¡Hola, amor! —a lo que respondió:

—Hola, cariño —y preguntó algo intrigado—: ¿Está lloviendo allí, verdad?Alexis le respondió:

—Sí, amor. ¡Está lloviendo a cántaros! Me gustarías que estuvieras conmigo ahora —continuó diciendo en un tono de medio dormida. Tom sintió latir con fuerza su corazón porque sabía dónde todo terminaba cuando ella hablaba así.

—Yo también quisiera estar dentro tuyo amor, pero dejémoslo para mañana.

Ella, en tono preocupado, preguntó:

—Estás estacionado ¿verdad?—

Sí, claro. Voy a esperar que amaine un poco para luego continuar la marcha. Te amo, Alexis.

—Yo te también te amo, cariño —y colgó el teléfono.

Estuvo detenido por espacio de más de media hora, la lluvia había perdido su intensidad, algunos que otros relámpagos iluminaban la oscura carretera. De pronto, sintió un escalofrío recorrerle la espalda, no sabía qué era. Luego pudo darse cuenta de que la única luz que podía ver en la ruta era la de su camión. No había un solo coche o camión transitando la ruta, ni en su dirección ni en la otra, solo la luz del él.

Los relámpagos que se divisaban en las nubes y que recorrían varios kilómetros, seguían iluminando cual luciérnagas caprichosas que apagaban su luz para esconderse. Las vacas o los animales, como usted quiera llamarles, comenzaron a impacientarse y movían toda la caja del camión. "¿Que estará pasando?" —se preguntó.

La lluvia era intermitente. Observó hacia adelante y no vio ningún coche avanzar en ninguna de las dos direcciones. Las vacas intensificaron sus movimientos haciendo mucho ruido con sus patas, como si algo o alguien las asustase. Tom observó a través de la pequeña ventana que daba a la caja, pero no vio nada raro. "Qué raro." —pensó. La lluvia había amainado por completo, pero los animales siguieron inquietándose. Tomó su linterna, que le había regalado Leslie y bajó. Trepó las escaleras del camión y ya en lo alto comenzó a alumbrar para ver qué era lo que las tenía intranquilas. Nada, no observó nada raro. Bajó nuevamente, los animales comenzaron a moverse nuevamente. Caminó del otro lado del camión y alumbró nuevamente. Nada, ninguna señal. La linterna se le apagó. Se colocó frente a las luces que proyectaba el camión para tratar de encenderla nuevamente. En ese instante, las luces del camión se apagaron. Tom levantó su vista hacia la cabina, subió y comenzó a tocar los controles de la luz, pero sin éxito. Estuvo así por espacio de varios minutos, tocando los controles sin éxito. Tomó su celular para llamar a su mujer, no tenía conexión. Sintió miedo, mucho miedo. Se comenzó a dar ánimo: "Es la tormenta, es la tormenta." —se repetía. La linterna comenzó a funcionar después de varios golpes, la lluvia hizo un alto. Los relámpagos iluminaban su camión y silueta, sus manos le temblaban como nunca. Se paró en medio de la ruta, oteando hacia ambos lados. Nadie, no venía nadie. Los animales seguían nerviosos. Volvió a subir a lo alto, ya a estas altura estaba más que nervioso; volvió a iluminar hacia ellos y nada. La linterna se le apagó, la quiso golpear pero esta se le resbaló de la mano debido a su nerviosismo. Respiró hondo. Bajó a buscar la linterna, pero esta se le perdió en los matorrales. "Luego la busco." —pensó. Caminó unos metros alejándose y comenzó a migitar , la lluvia comenzó a caer muy, muy fría y finita.De pronto, todo se iluminó como si el dios Febo descendiera hacia él, la luz lo encegueció hasta no recordar nada más.

Despertó boca abajo, abrió los ojos lentamente todo aturdido, como si una estampida le hubiera pasado por encima. Aturdido se incorporó, con el bosque de los arboles enfrente; estaba oscuro, se miró a sí mismo y se sorprendió de lo que vio. Estaba totalmente desnudo, cubierto de vellos por todo el cuerpo. "¿Qué es esto?" —se preguntó— "¿Qué está pasando?" Al girar su cabeza observó sorprendido que su camión se encontraba del otro lado de la carretera. Algo raro, porque no recordaba haberse alejado tanto del camión.

Se encuentra totalmente confundido y dolorido, de todas maneras su responsabilidad lo empuja a cruzar la ruta. El camión está con toda las luces encendidas. Se aproxima a la parte trasera y siente un fuerte dolor en su cabeza, como si mil cascabeles danzaran en su mente. Le restó importancia, solo pensó en Alexis y los niños y que mañana tenía que reunirse con ellos. Le pareció extraño cuando se acercó al camión, no era el mismo que manejaba, era totalmente diferente, totalmente extraño.

"¿Qué está pasando?" —pensó. Se acercó con cautela, el sexto sentido del ser humano en acción. Se acercó a la cabina y escuchó voces, voces graves, muy graves para el ser humano. Se quedó inmóvil por unos instantes, luego volvió a escuchar la voz. "¿Quién era la persona que estaba hablando?" —se preguntó. "Luego averiguaré quién es." Pensó en la carga, caminó hacia la parte de atrás del camión y encontró la forma de treparse. A lo lejos pudo divisar un coche acercándose, la luz se aproximaba más y más en su dirección, logrando iluminar todo. Quedó atónito con lo que vio... no eran vacas lo que había allí dentro, ¡eran humanos!

¡Humanos completamente desnudos cubiertos de vellos como él! Consiguió bajar y los observó. Sí, eran humanos. Estaban colocados en pequeñas celdas que los sujetaban desde la cintura, de a cuatro o cinco en cada una de ellas. Lo toma de los hombros a uno y le pregunta:

—¿Qué están haciendo allí? ¿Quién los trajo a este lugar?

Tom lo sacude con violencia para tratar de sacar algún sonido a uno de ellos, nada. Le observa desde sus cuencas vacías, como si estuviera muerto en vida. "¿Qué es esto? —se preguntó— ¿Dónde estoy?"

En ese momento, el coche que alumbraba terminó de pasar. Le preguntó a uno de ellos por qué no hablan, por qué no escapan. Lo observaban desinteresadamente. Volvió a mirarlos bajo la tenue luz de la noche, están desnudos, hay hombres y mujeres allí.

Las luces del coche iluminaron a través de la ventana la sala de esa casa aristocrática, dando al salón y a la mujer que estaba junto a la mesa un aspecto fantasmal. La mujer que estaba preparando la mesa giró su cabeza hacia las enormes ventanas. La luz en su rostro, en esa ubicación iluminada, parecía haber salido de una pesadilla. La luz del coche se apagó y la enorme silueta salió del vehículo. Abrió la puerta y saludó.

—Hola mi vida ¿cómo estás? Disculpa el inconveniente de hoy.

La mujer se encogió de hombros y lo abrazó casi colgada a su cuello, para luego besarlo suavemente. Acto seguido, dice:

—La cena está lista. ¡Está lloviendo! Es un buen día para los enamorados —prosigue ella.

El hombre frunce el entrecejo como sorprendido, ante lo cual ella le pregunta: "¿Pasa algo malo, cariño?" Él responde: "No, no amor, sentémonos a la mesa, que estoy famélico."

Ambos sentados degustando la comida, pero el hombre come pensativamente. Su mujer le pregunta: "¿Pasa algo malo, amor? El enorme hombre responde: "Es que Tom no me ha llamado y eso es lo raro, porque siempre lo hace." La mujer lo mira para luego consolarlo:

—No te preocupes, debe estar nervioso por lo de mañana. Te apuesto que mañana te llama diciéndote: "¿A que no sabes dónde estoy cenando?" Disfruta de la cena –agrega apoyando su mano derecha sobre la mano del él.

Tom, al ver que ningún humano hablaba, optó por sentarse en una esquina. Se preguntaba si esto era real.

Podía palpar a las personas. No sabe cuánto tiempo estuvo observándolos hasta que se incorpora y decide bajar y averiguar quién está en la cabina. En ese instante el camión comienza a moverse lentamente. Trató de todas maneras de bajar, pero este ganaba más y más velocidad repentina, por lo que pensó: "Me quedaré aquí para ver qué es todo esto."

Pudo observar que al tomar velocidad el camión, la enorme caja compuesta por un material parecido al vidrio, pero más opaco. Comenzó a despedir chorros de un líquido gaseoso que lo llenó todo, era como si la caja quedara sin la fuerza de gravedad y así los humanos viajaban confortablemente, como suspendidos en el aire. Le costó llegar a una esquina para sentarse nuevamente. Clavó su mirada perdida para estar a millones de kilómetros.

Algunos de ellos lo observaban desde la cuenca muerta de sus ojos, insípidos ante él. El camión tomaba velocidad, era como si este levitase porque no sentía el contacto de las ruedas con el piso. "Será un sueño" —pensó. Una pesadilla, una pesadilla que se agravaría más al levantar su cabeza. Dos lunas iluminaban el cielo nublado. Se incorporó asustado, con el corazón latiendo a mil y ese dolor en su cabeza que iba y venía por momentos. "¿Dónde estoy?" —se preguntó. "¿Estaré en otro planeta?"

Su cabeza era una vorágine de preguntas más que de respuestas. "¿Dónde estaré?" —se volvió a cuestionar. "¿Pero quién me trajo hasta aquí? ¿Por qué esas personas no hablan?" No supo cuánto tiempo estuvo viajando hasta que el camión comenzó a detener sus marcha, pudo sentir el contacto de la ruedas con el piso. Se detuvo como en un puesto de gasolina de los que él conoce, pero mucho, mucho más grande. La fuerza de gravedad volvió a reinar. Se incorporó y se acercó a espiar a través de las aberturas del camión jaula y pudo observar a varios camiones detenidos allí. Abrió grandes los ojos y quedó atónito con lo que vio. ¡Está sonando! Son vacas lo que ve caminando, en dos patas. Su estatura la calcula en dos metros y medio, vestidas como los humanos, con sus colas que se bambolean en el aire, con botellas en su manos, bebiendo no sabe qué. Descargas eléctricas cruzaban de tanto el aire de la noche, como purificándolo todo.

Uno de ellos tiene una remera blanca puesta, con unas enormes letras negras impresas que dicen: "Me encanta la carne de humanos."

—¡¿Qué?! —se pregunta— ¡De humanos! A escasos veinte metros de donde él se encuentra, el enorme vidrio de este local deja ver que hay varias de estas criaturas sentadas en lo que parece un restaurante; están comiendo y bebiendo. Otro que sale del local con dos bolsas fosforescentes en sus manos, otro con una botella en su mano. Está completamente perplejo. La puerta del camión se abre y una enorme vaca o criatura parecida desciende. Era alta, de más de dos metros, de color negro. Tenía puesta una gorra de color rojo. Giró y miró hacia adentro.

—¿Quieres que te traiga algo o vienes conmigo? —preguntó.

Tom se sorprendió sobremanera porque logra entender lo que estas criaturas dicen. Esta criatura camina hacia la parte de atrás, observa detenidamente hacia adentro. Él logró colocarse detrás de uno de los humanos. De pronto toda la caja pareció tener luz propia. Una pequeña luz de color violeta se desprendió del frente de esta caja y voló como controlando todo.

Parecía una cámara voladora en miniatura. Se colocó justo frente a él, la observó detenidamente y pudo ver que esta criatura también lo observaba detenidamente. La pequeña cámara lo escudriñó desde abajo hacia arriba, no conforme con esto, le aplicó una descarga eléctrica que Tom por poco sale corriendo, pero el miedo pudo más que su dolor. Esta criatura seguía mirándolo atentamente.

—Ahora soy yo la que tengo que esperar —escucha decir a la otra criatura con voz de mujer, que para ese momento ya había descendido.

—Voy, mi amor. Voy, mi amor.

Las luces se apagaron y la pequeña cámara volvió a su lugar. Tom observó a los humanos y algunos de ellos también la miraban impávidos, sin sentimientos. Tomó a una mujer que estaba allí y comenzó a preguntarle cómo se llamaba, esta lo miraba sin emitir sonido. Le tomó con suavidad la cara y volvió a preguntarle qué estaba haciendo allí, quién los trajo y si conocía a estas personas. Nada, no consigue respuestas. Luego tomó a otro por los hombros y le preguntó cómo se llamaba. El humano lo observaba desde sus ojos sin vida. Evidentemente, ninguno de ellos hablaba. Luego observó los cuerpos de ellos llenos de profusos vellos que cubrían todo su cuerpo. Se observó a sí mismo y los vellos, que eran profusos como los de ellos, cubrían sus partes íntimas. Miró alrededor y pudo contar a más de cuarenta mujeres y el doble de hombres. "¿Dónde estoy?" —se volvió a preguntar. "Pero lo más raro —pensó— ¿cómo puedo leer su idioma y entender lo que ellos hablaban? Tengo que salir de esta pesadilla o al menos despertar." —se dijo.

Comienza a mirar en derredor para ver si veía algo familiar. Nada. Ve a lo lejos un cartel que anuncia una gran venta de carnes. No podía asimilar tanta vorágine en su cabeza, de solo observar lo que estaba pasando a su alrededor. Las dos criaturas salieron del local con bolsas de color azul resplandeciente. De pronto, una de las criaturas que estaba parada bebiendo algo, le habló al chofer del camión, la otra continuó caminando sola. Luego ambos se saludan con un beso en cada lado de su cara y se despidieron, no sin antes el otro lanzar una carcajada estentórea. El camión se puso en marcha y comenzó a rodar por la carretera. La caja dejó de ejercer atracción natural, después de que esta fuera rociada con ese gas misterioso. "¿Qué clase de ruta tienen estas criaturas?" —se preguntó, porque no sentía el contacto de las ruedas con el camino. Sacó la conclusión de que este levitaba. Árboles a los costados y enormes letreros luminosos. Le llamó la atención uno donde se publicaba: "Los mejores cortes humanos en este lugar." Pudo ver varios de estos anuncios. Los camiones o autos pasaban a una enorme velocidad a su costado, superando varias veces la velocidad de su coche.

La semioscuridad, esos humanos que no hablaban, estas vacas que hablaban. Todo le giraba en su cabeza. ¿Y si esa luz que lo envolvió era un rayo y al golpearle lo dejó con alucinaciones? —pensó. O quizás era por estar tan ansioso de estar con su mujer en esa playa de arenas blancas, besándola suavemente, como cuando se conocieron.

El camión comenzó a aminorar la marcha y pudo sentir el contacto de las ruedas con el piso. El enorme rodado salió de la carretera despacio, ahora sintió el contacto de las ruedas en el piso.

Se detuvo en lo que parecía un control, al igual que la planta donde él trabaja. Escucha una voz ronca pidiendo información de toda la carga, alcanza a ver que esta tiene puesto un uniforme de color naranja; pudo observar que eran dos y él siguió atentamente los movimientos de ellos, cuando de pronto giró muy despacio su cabeza y la sangre se le heló. Una tercera de estas criaturas estaba en la parte de atrás del camión contemplándolo. Trató de no despertar sospechas, se movía al igual que los otros humanos. Esta seguía contemplándolo a él, podía sentir la mirada horadándole. La caja se volvió a iluminar. En ese momento, una de las criaturas que había estado pidiéndole toda la información, dio la orden de que podía continuar. La criatura que hacía de acompañante bajó y algo le preguntó a este que lo estaba observando. La criatura caminó hacia ella y le señaló con su mano hacia el lado opuesto de donde estaban ellos. Una enorme construcción de color dorado con enormes puertas redondas, por la cual recorrían descargas eléctricas. Estaba camino hacia allí, donde había más de estas criaturas. Miró atentamente y vio que las luces que iluminaban la entrada estaban como suspendidas en el aire.

La criatura que estaba dentro del enorme puesto de control salió y le entregó algo al chofer, el camión comenzó a moverse lentamente. El camino era largo y rodeado de muchos árboles. Ahora pudo observar que realmente las luces estaban suspendidas en el aire, descargas eléctricas de tanto en tanto cruzaban el aire; la enorme construcción apareció ante él, era descomunal, algo fuera de normal que hubiera visto anteriormente. Su color era de un plateado antiguo, era enorme para ser terrestre. Decenas de camiones en reversa en posición de descarga, decenas de estas criaturas hablando y controlando todo, tienen puesto como un casco en la cabeza de color rojo resplandeciente. Están vestidos con ropas de color verde flúor. Al parecer eran los recibidores de la carga, tenían pequeños tableros luminosos en sus manos. Levantó la vista y pudo ver los carteles luminosos que indicaban qué camión debía descargar y dónde. Todo ordenado, muy ordenado. "Tengo que salir de este lugar" —pensó Tom. Observó en el último letrero: "Setecientos setenta y siete." El enorme rodado estaba detenido hasta que observó ese número y comenzó a moverse en esa dirección. Este comenzó a retroceder para posicionarse en ese lugar. No había nadie esperando en ese lugar, hasta que observó a una de las criaturas caminar en esa dirección. Esferas de cristal del tamaño de una luciérnaga, de tanto en tanto sobrevolaban los camiones, como si tuvieran vida propia y les restó importancia. Bajaban a los humanos como ganado, caminaban como zombis sin emitir una sola palabra. "¿Qué es todo esto? —se preguntaba para luego darse ánimo. Sea cual fuere esta situación, haría todo lo posible para salir y estar con su amada Alexis. Si era una pesadilla, trataría de despertarse y si estaba en otro planeta, confiaría en su suerte para salir.

Esperó a que el chofer aminorara la marcha, se deslizó abajo seguido por las miradas de estos humanos, de rostros impávidos sin facciones. Al parecer nadie notó este movimiento furtivo, las enormes ruedas se detuvieron. La criatura que venía en esa dirección fue detenida por uno de sus colegas, ambos se echaron a reír, sus risas eran estentóreas. La enorme caja se iluminó dejándolo a él en la semi-penumbra. A pesar de que estaba bien oculto, su vida corría peligro, porque estaba en el hueco que dejaban las dos ruedas traseras; si el camión se movía estaba perdido. Escuchó que los humanos caminaban hacia dentro de esa enorme construcción de metal, percibió, o eso creyó, que el chofer no se ha bajado. La enorme criatura esta parada a escasos centímetros de él. Sacó valor de donde no tenía, estuvo en esa posición varios minutos y la criatura comenzó a mirar dentro de la caja como si algo le faltase. Meneó su cabeza y comenzó a retirarse. Tom salió de su escondite, pero la criatura volvió sobre sus pasos, como si olvidara algo. Quedó sin moverse porque al menor movimiento podían descubrirlo. En efecto, se olvidó su pequeño tablero luminoso.

"Están descargando humanos como si descargaran vacas" —pensó Tom. Los camiones se encontraban a escasos metros uno del otro, había centenares de estos enormes rodados; la plataforma donde estaban descargando se encontraba a un metro o metro y medio del piso. Escuchó como un pequeño siseo en la caja, luego el camión que se movió. Tom salió rápidamente de su escondite para no ser aplastado por las enormes ruedas de color blanco, corrió rápidamente y se ocultó detrás de unos inmensos toneles de metal. Está en la semi-penumbra, desde allí puede ver una puerta en el costado de esta construcción. La pequeña esfera luminosa volvió a pasar cerca de él sin notarlo. Si sigue allí, muy pronto lo descubrirán —pensó. Corrió raudamente hacia un costado de esta construcción, donde acaba de ver la enorme puerta redonda. Se paró frente a esta y automáticamente se abrió. Ingresó sigilosamente, caminó por un corto y ancho pasillo con una enorme salida al final. Al llegar al final de este, no pudo pasar al otro lado, pero él no veía nada o su vista no lo percibía. Palpó con su mano este material, era suave como el vidrio al tacto. Empujó con todas sus fuerzas, es imposible haya algo delante de él que no lo deja avanzar y es invisible a sus ojos. Buscó con frenesí toda la gran abertura que tenía delante, nada. No puede pasar al otro lado. Giró sobre sus pasos, caminó unos pasos para luego detenerse, giró su cabeza y pudo ver todo este material plateado antiguo que lo rodeaba. Vio un pequeño punto negro que estaba situado a dos metros de altura, avanzó lentamente para situarse frente a este, miró fijamente a este pequeño punto negro. Estaba listo para saltar, lo hizo y trató de tocarlo con las manos, el silencio lo rodeaba.

De repente escuchó un siseo de aire imperceptible para el oído humano regular, pero no para uno que está en peligro y con todos los sentidos puestos y Tom estaba en peligro. Pudo pasar tranquilamente, era como si algo solidificara el aire convirtiéndolo en muro invisible. Volvió a palparlo y estaba sólido, fue como si el pequeño botón hubiera leído su mente para que le dejara pasar. Lo que vio dentro lo dejó con la boca abierta. Era un enorme salón cubierto, con celdas, inmensas celdas rodeadas de un campo eléctrico, con centenares de humanos en cada una de estas. Caminó por estos enorme pasillos, seguido por la mirada de algunos de ellos. Se acercó para observar detenidamente las descargas y estas mismas hacían de paredes a estas inmensa celdas de casi tres metros de alto, por unos cincuenta metros de largo. Los humanos estaban a dos metros de estas paredes, tocó con su mano la pared y recibió una descarga eléctrica; no lo mató, pero fue suficiente para que no volviera a intentarlo. Ahora entiende porqué ellos no se acercan. Los observa, son miles y miles de humanos. ¿Y si estas criaturas trafican humanos desde la tierra? Quedó parado mirando dentro de una celda al final de un pasillo en forma de T. El pasillo donde él estaba ubicado desembocaba en otro que lo cruzaba, vio a una de las criaturas aproximarse por este pasillo, quedó inmóvil, no había tiempo de esconderse o correr. Se acercó lo más que pudo a la cerca, no quería recibir otra descarga; esta criatura no lo vio porque pasó mirando en sentido contrario, como contando algo en las celdas que tenía enfrente. Exhaló todo el oxígeno que tenía aguantado en sus pulmones, se asomó con mucho cuidado y vio al sujeto alejarse rápidamente, luego se perdió al girar hacia otro pasillo.

Caminó agazapándose, mirando en ambas direcciones, hacia donde la criatura se dirigió. Llegó al final de este largo pasillo, una luz del tamaño de una luciérnaga se encontraba a escasos veinte metros. Retrocedió sin perder de vista a esta, la luz parecía moverse en su dirección y se acercó a centímetros de él. Se acordó de lo vivido en el camión, esperó a que se encontrara bien a su alcance para luego darle un manotazo, la luz de color violeta se estrelló contra el piso, que parece metal plateado y se apagó no sin antes emitir un sonido. A lo lejos observó que un par más de estas se acercaban, corrió en cualquier dirección, giró su cabeza y no vio a nadie seguirlo. Saltó dentro de una de estas celdas, no recibió ninguna descarga. Trató de mimetizarse con los otros, escuchó voces roncas acercarse en su dirección y aparecieron después de varios minutos tres de estas criaturas. Comenzaron a mirar dentro de las celdas, él lo observaba también sentado junto a un centenar de los humanos; pasaron a su lado sin darse cuenta de su presencia. Sentado como estaba giró su cabeza y su corazón comenzó a latir a mil, una criatura vestida con el uniforme de los que estaban en la entrada, observaba al grupo donde estaba él. Algunos se levantaron para dirigirse a comer algo que estaba ubicado dentro de una enorme fuente dorada, también se levantó conteniendo la respiración. Caminaba como un zombi, tomó de lo que estaban comiendo, era de color rojo como la sandía a la vista, pero dulce y sabroso como el chocolate. Comió lentamente como si tuviera todo el tiempo del mundo, tratando de actuar como estos seres, o humanos, que estaban ahí. Giró sus ojos lentamente amparado por unos cuantos que lo rodeaban, la criatura lo seguía observando, pero luego de que él vuelve a sentarse, perdió el interés.

Quedó en esa posición alrededor de media hora, luego se incorporó y saltó a través de la cerca. No recibió descarga, ahora lograba entender que no le hacía daño porque no tocaba el piso. Corrió por ese pasillo largo e interminable, con celdas a los costados, llegó al final de este, donde otro pasillo lo cruzaba. Giró a su derecha, no sabía dónde estaba, siguió caminando tratando de salir de ese lugar, al llegar al final de este se encontró una pared enorme; giró a su derecha tocando con sus manos esta pared, vio una enorme abertura en esta, como una gigantesca puerta que al principio había visto. La palpó con su mano por si estaba bloqueada, tuvo suerte, pudo pasar sin obstáculos. Vio una escalera y comenzó a subir. Esta escalera era enorme y larga para llegar al otro nivel, todo era del mismo material que había observado antes. Con rapidez llegó hasta el final de esta, estaba cansado, necesitaba descansar un poco. ¿Pero dónde? —se preguntaba. Comenzó a subir nuevamente, vio unas enormes cajas apiladas y tambores apilados a su costado, estos parecían ser de vidrio a la vista. Estaba llegando al otro nivel cuando de pronto sintió voces que bajaban, quedó en silencio. Sí, las voces estaban bajando. Bajó rápidamente y se escondió en un hueco que dejaban estas cajas, se introdujo completamente, estaba exhausto física y mentalmente por todo lo que había visto. Eran tres las criaturas que bajaban, iban hablando de un sistema que estaba cerrado, bajaban haciendo mucho ruido; los miró desde su escondite, luego sus párpados comenzaron a reclamarle descanso. Trató de luchar, era imposible. Se quedó dormido profundamente.

ARENAS SIN SABOR

El avión tocaba tierra bajo ese sol que invitaba a dejarse mimar en la arena, la hermosa mujer caminaba con sus dos hijos; algunos hombres la miraban furtivamente pasar y algunos iban más lejos, la miraban sin pudor. Llevaba puesto un pantalón blanco ajustado que dejaba ver su espectacular anatomía, la blusa color crema con unos toques blancos, dejaba ver lo generoso que había sido el Creador cuando alguien la miraba de frente. Estaban en la fila de inmigración cuando les llegó el turno, entregó los pasaportes, el oficial controló que todo estuviera en orden y luego los selló, levantó su mirada y se los entregó de nuevo, para luego desearles una muy buena estadía en su país y que regresaran pronto. Ella lo miró sonriente, el hombre devolvió la amabilidad. Tomó sus cosas y comenzó a caminar hacia la salida, al girar su cabeza se encontró que el oficial la seguía con la vista; ella volvió a sonreír y lo saludó con la mano. Él también saludó y meneó su cabeza. Salieron y tomaron un taxi.

—Mi nombre es Tito —se presentó el chofer y luego preguntó: "¿A qué hotel? Alexis le dijo el nombre y este asintió con su cabeza. El coche estuvo transitando por ese paradisiaco lugar con palmeras todas decoradas hasta llegar al hotel, el muchacho los ayudó a bajar sus maletas y trasladarlos hasta su habitación, no sin antes realizar todo el trámite correspondiente y atraer todas las miradas masculinas en el lugar. Al llegar a su habitación, número treinta y tres, les dio órdenes a sus hijos para que tomaran una ducha rápida para luego disfrutar de la playa. Leslie fue la primera en obedecer, luego de que ella estuvo lista fue el turno de Miguel y por último lo hizo ella. Ya con la piel fresca, todos se prepararon y enfilaron hacia las arenas. El paquete no había mentido, eran arenas blancas, la enorme piscina estaba casi vacía de personas, los más estaban en la arena. Sombrillas hechas de paja distribuidas a lo largo del perímetro le daban un toque natural, había varias personas acostadas en las reposeras, otras estaban disfrutando del agua. Alexis se untó todo el cuerpo con protector solar, ayudada por Leslie, que la untó en su espalda y luego se recostó para dejarse acariciar por el dios Febo. Los chicos se apresuraron para disfrutar del agua salina, miró a su alrededor, todo era paz y relajamiento, un disfrutar de sí mismo. Pensó en su marido y a la hora que llegaría para que fuera él quien le pusiera el bronceador, al tiempo que seguramente le diría: "Qué afortunado soy por tenerte en mi vida." Lentamente sus músculos se relajaban para dejar paso a la somnolencia total. Se quedó completamente dormida, de pronto se encontró caminando en una verde pradera con un rio cristalino a su derecha; el agua era como vidrio, peces multicolores podía ver en su lecho. Se acercó y se agachó a la orilla y extendió su mano para tocarlos y estos se acercaron sin temor a ser lastimados. De repente todos se alejaron cual si hubieran visto un demonio detrás, giró su cabeza sin ver a nadie a su alrededor, luego comenzó a caminar por la pradera hasta encontrar un camino que era bordeado de bellas flores, cortó una de estas y se la colocó en su cabello. Siguió caminando, estaba tan feliz de estar allí, se respiraba paz por doquier, luego observó unos enormes y frondosos árboles, el camino la llevaba hacia allí. Había caminado varios metros cuando giró su cabeza porque escuchó un ruido fuerte y sordo y lo que observó le heló la sangre. Un enorme lagarto de más de cuatro metros se había descolgado de uno de los árboles y la miraba nada alentador. Se asustó y comenzó a correr con desesperación seguida por esta bestia amenazante que buscaba quitarle lo más preciado del ser humano. Corría con todas las fuerzas que le daban sus piernas, la enorme bestia la seguía detrás hasta que repentinamente saltó sobre ella, haciéndola caer sobre su rostro. Se despertó sobresaltada debido a las caricias de su hija que le estaba tocando con sus manos su rostro. Leslie le preguntó con tono alarmada:

—¿Mami, estás bien? —La tomó de la mano y le sonrió.

—Claro querida, estaba soñando con tu papi.

La niña sonrió y volvió a preguntar:

—¿A qué hora viene papá?

—¡Oh! debería estar aquí esta noche para ir a cenar todos juntos.

Los chicos festejaron esta respuesta. Miguel la miró y luego le dijo:

—Mami, tenemos hambre. ¿Podemos ir a comer algo y luego volver?

—Vamos y volvamos —les dijo.

Recogieron sus cosas y retornaron a su habitación.

—Les prepararé unos sándwiches —asintieron con un "¡sí!" al unísono.

Sentados en la pequeña mesa de la habitación degustaban lo que ella les había prometido, estuvieron allí por espacio de una hora. Luego volvieron a la arena, se volvió a recostar en la enorme reposera al tiempo que reflexionaba en ese extraño sueño que tuvo. No encontraba lógica para explicar, la reposera de al lado estaba vacía, había colocado sus cosas sobre esta; se imaginó sentado a Tom y esbozó una sonrisa nostálgica. Observó que los niños habían encontrado unos amigos rápidamente, el sol comenzó a descender lentamente, se sentía totalmente desestresada, observó a escasos metros de ella a una pareja adulta recostados en la reposera y tomados de la mano y volvió a esbozar una sonrisa melancólica. El sonido que producían las olas estrellándose en las arenas blancas, era como un arrullo de amor, la pesadez en sus parpados volvió a ocurrir, lentamente se fue dejando atrapar por el sueño. Se quedó completamente dormida, las caricias nuevamente de su hija la despertaron; ya había atardecido, solo quedaban en la playa algunos rezagados.

—¿Están bien? —les preguntó a sus hijos.—Sí, claro —respondieron.—¿Quieren quedarse o irse? —les dio la opción de elegir. Ellos escogieron la última.

—¡Okey! —les respondió.

Se atavió con la enorme toalla de color rojo, regalo de su amiga Pato, para este viaje tan especial. Luego caminaron contemplando la enorme piscina del hotel que era iluminada con luces intermitentes de color desde su fondo, dándole un toque muy particular. Ya dentro del cuarto de color café con leche, Alexis les dijo a los niños que tomaría una ducha. Leslie encendió el TV y comenzó a hacer zapping hasta encontrar uno que les gustaba a ambos. El sonido del teléfono sonó como un estampido. Leslie fue más rápida de reflejos y saltó de la cama.

—Es papá el que llama… ¿Hola? —la voz del otro lado no era la que esperaba.

—¿Podría hablar con la señora Lestera, por favor?

—Mi mamá se está duchando —contesto la niña— ¿quiere dejarle algún recado? —prosiguió.

—No, no, la vuelvo a llamar en media hora…

Colgó el teléfono con decepción, porque era noche cerrada y la presencia de su padre no estaba.

Alexis salió envuelta en una enorme toalla blanca.

—Mami, te llamaron del hotel para hablar con vos.

—¿No te dijeron lo que querían?

—No, solamente que iban a llamar más tarde.

La mujer hizo un gesto y luego la niña preguntó:

—Papá ya debería estar aquí ¿correcto? —ella la miró y disimuló la preocupación que tenía por dentro, porque Tom ya debería estar ahí o por lo menos haber llamado.

—Sí, pero tú sabes Leslie cómo son los aeropuertos y sus demoras… pronto seguro que llama o al menos sabremos dónde está.

La pequeña no pareció contenta con la respuesta de la madre, pero al fin y al cabo la aceptó.

Fue el turno de la pequeña en la ducha mientras su hermano observaba entretenido la película que en ese momento estaban proyectando en la pequeña TV. Alexis comenzó a untarse todo el cuerpo con un aceite refrescante, estaba relajada completamente, esperando la llegada de su marido. Sentada en la cama observaba a través de la ventaba las pequeñas luces de los pesqueros en esa oscuridad aterradora que posee el mar. "No me gustaría estar ahí sola" —pensó. Pero si Tom estuviese con ella, todo cambiaría. Una estrella fugaz vio pasar en ese momento, cerró los ojos y pidió un deseo, porque así lo dicen, que hay que pedir tres deseos y uno de estos se realizara, pero ella pidió solamente uno que valía por los tres. Luego, pensando en quién habría sido la persona que quería comunicarse, caminó hacia el pequeño vestidor, cerró la puerta y se sacó la toalla. Se miró el cuerpo y pudo observar con alegría que los rayos solares habían hecho efecto en su escultural cuerpo, el aceite recién puesto le daba un peculiar bronceado. Tom se volvería loco en la noche, pensó y lanzó una risita de niña salvaje que comete una travesura. El teléfono comenzó a sonar y Miguel atendió:

—¿Hola? —la voz le preguntó por su madre. El pequeño le contestó que en esos momentos estaba ocupada, pero no sería molestia si lo intentaba más tarde. Los niños estaban ensimismados con un peculiar programa en la TV. Había pasado al menos media hora cuando el teléfono, con su peculiar sonido, los volvió a la realidad. El pequeño volvió a contestar:

—¿Hola?

—Necesito hablar con tu madre —sonó la voz.

—Ya se la paso —contestó el pequeño— Mami, ¡es para vos!

—Dile que ya voy —contestó Alexis.

Pasados unos segundos salió y tomó el teléfono con su mano izquierda, sintió un nudo en el estómago.

—¿Hola, sí?

La voz pregunta: "¿Alexis Lestera?"

—Sí, soy yo —contestó ella.

—No cuelgue señora, que tiene una llamada de larga distancia —acota el conserje del hotel. Silencio. Su corazón comenzó a latir alocadamente.

—¿Hola? —sonó la voz grave del otro lado— Alexis ¿me escuchas?

—Sí, claro Jorge, te escucho.

—No te alarmes por lo que voy a decirte y lamento que tenga que llamarte ahora en tus vacaciones —se escuchó decir del otro lado. Ella solo escuchaba la voz de él.

—¿Cómo están los niños? —preguntó.

—Los niños están bien. ¿Qué le pasó a mi marido? ¿Tuvo un accidente? —preguntó desesperada la mujer.

—No, no, Tom está bien.

—¿Qué pasó Jorge? Dime qué le pasó.

—No, no le pasó nada. Es que… ¿cómo decirte Alexis? Tom desapareció.

—¿Cómo que Tom desapareció? ¿Qué es lo que me estás diciendo? —respondió la mujer, insatisfecha por las palabras.

—¿Han tenido problemas ustedes últimamente? —preguntó Jorge.

—¿Qué es lo que me estás tratando de decir? ¿Problemas? como cualquier matrimonio. Pero no sé a dónde quieres llegar. ¿Qué le pasó a mi marido?

—Alexis, es lo que te acabo de decir, desapareció. No lo podemos encontrar. La policía lo está buscando por todo el territorio sin respuestas.

La mujer comenzó a sollozar, luego se calmó para no transmitir esta incertidumbre a los niños. Quedó con la mirada en el piso.

—Alexis —prosiguió la voz.

—Sí, Jorge —respondió.

—No te preocupes por los gastos del vuelo, necesito que estés aquí —prosiguió el hombre.

—Okey —respondió la hermosa mujer conteniendo las lágrimas. Quedó pensativa. Leslie se acercó y apoyó su mano en su hombro.

—¿Qué está pasando, mami? ¿Qué le pasó a papá?

—Tu papi está bien —respondió su madre— solo que tenemos que partir de nuevo hacia casa en el primer vuelo. Tuvo un pequeño percance y nos necesita.

Luego les dijo a los niños: "Todo estará bien cuando regresemos, pero ahora vayamos a comprar algo para que puedan comer." Esperaron a que Miguel saliera de la ducha y todos juntos caminaron por ese boulevard iluminado con palmeras en sus lados. Los restaurantes se agolpaban unos a otros. Caminaron hasta llegar hasta un puesto de revistas y preguntó si tenían cigarrillos, el muchacho le extendió lo que ella requería y comenzó a fumar sin reparar en que había unas cuantas personas de sexo opuesto que la observaban. Su pollera blanca contrastaba con el tono de piel, la trasparente blusa de color azul claro dejaba ver claramente lo que Dios le había otorgado generosamente para alimentar a sus hijos cuando eran pequeños. Quizás en otro momento le hubiera gustado ese coqueteo, pero no era el momento adecuado para ello.

Se sentaron a una mesa de los tantos restaurantes que había allí y pidieron la cena. Los chicos la observaban sin decir palabra, su mente estaba junto a su marido. ¿Cómo que había desaparecido? ¿Qué insinuaba Jorge con preguntarle si tenían problemas? ¿Y si tuvo un accidente y no se lo querían decir por teléfono por temor a que algo le sucediera en tierras extrañas? Mil ideas cabalgaban cual fantoche en su cabeza. No reparó siquiera en el payaso que estaba haciendo trucos de magia, al cual los niños le seguían atentamente, ni los aplausos de los presentes cada vez que este realizaba algo inverosímil. Casi no probó bocado, se tenía que mostrar fuerte delante de sus hijos, porque si ella se quebraba todo se vendría abajo. No reparó en cuántas horas estuvo sentada hasta que los niños le dijeron para volver. De camino Miguel le preguntó por su padre.

—Mami ¿por qué papá no ha llegado todavía? Ella lo miró y le dijo que se lo diría cuando regresaran a su cuarto. El niño asintió con su cabeza. Leslie le hizo una observación con respecto al cigarrillo, le contestó que por el momento necesita para descargar los nervios que la tenían controlada, pero ni bien regresaran, trataría de ponerlo a un costado. Caminaron hasta llegar a su habitación, entraron en ese espacioso cuarto del hotel cinco estrellas. Los chicos encendieron el TV, ella quedó sentada observando a través de la ventana, mirando la nada. Sus pensamientos volaban, más preguntas que respuestas galopaban en su mente, luego les dijo a los chicos que ella iba a dormirse porque estaba muy cansada, recostó su cabeza en el respaldo de su cama y comenzó a fumar lentamente; estaba observando las estrellas a través de la ventana con la luz apagada cuando el teléfono sonó.

—¿Hola? —contestó con voz lacónica. Era Jorge del otro lado informándole que había obtenido los tickets de vuelo, a lo que ella buscó en su cartera un anotador y comenzó a escribir— Okey, Okey —repetía. Luego la otra persona colgó, quedó un rato pensativa hasta que caminó hacia donde estaban sus hijos y les comunicó la amarga noticia de que deberían volver lo más pronto posible debido al percance que sufrió su padre, los chicos la miraron para luego correr hacia sus brazos y besarle. Quiso contener las lágrimas, pero estas le jugaron una mala pasada y rodaron por sus mejillas. Leslie la abrazó con inusitada fuerza, como para darle ánimo en este particular momento que estaba atravesando. La niña le preguntó:

—¿Qué le pasó en realidad a papá? —Alexis la miró y no supo qué contestar con certeza, solo respondió:

—Jorge nos dirá cuando lleguemos a casa.

La hermosa mujer estaba sentada a la mesa fumando y bebiendo café, el silencio era total, los dos niños estaban sentados en el enorme sofá también ensimismados. El timbre de la puerta sonó y Leslie fue la que atendió, el imponente hombretón se recortó en la puerta. "¿Tu Mami?" —preguntó para luego levantar la vista y observar a Alexis que estaba sentada. Se acercó a ella y la abrazó tiernamente como a una hija en desgracia. La mujer comenzó a sollozar.

—Tienes que ser fuerte por los chicos —le susurró el hombre. Se limpió las lágrimas de su rostro para luego invitarle una taza de café. El recién llegado aceptó gustosamente para luego sentarse. Alexis le sirvió la taza y le preguntó si quería azúcar, este asintió con la cabeza, bebió un sorbo del líquido negro, como para tomar coraje en la situación en la que se encontraba. Levantó la vista hacia ella y sin rodeos le preguntó:—¿Han tenido problemas últimamente?

—¿A qué te refieres con eso? —lo interrumpió la bella mujer al tiempo que miraba con ojos de torero al jefe de su marido.—No te ofendas por estas palabras, pero todo esto es extraño. Muy extraño —prosiguió el hombre.

Es que desapareció, no se lo ha encontrado en ningún lado, como si la tierra lo hubiera tragado sin dejar rastros.—¿Cómo es que desapareció sin dejar rastro? —preguntó confusa Alexis— él no es de esa clase de persona. Lo estábamos esperando en el hotel y luego tú que llamas para darme esta noticia. Todo esto es tan confuso —la mujer aplastaba la tercera colilla contra el cenicero.

Carlos en ese momento tocó el timbre, Leslie le abrió la puerta, caminaron hacia Alexis y la abrazaron con fuerza como queriendo transmitir todas las buenas intenciones que en ese momento ella necesitaba.

—¿Preparo más café? —preguntó Pato.

La mujer asintió con la cabeza al tiempo que retornaba a su silla. Carlos le estrechó la mano a Jorge al tiempo que preguntó si sabía algo de Tom.

Jorge movió la cabeza negativamente.

—No, no hemos tenido ninguna pista hasta el momento —respondió el hombre.

El timbre de la puerta volvió a sonar, Carlos miró a Alexis al tiempo que le preguntaba con la vista si esperaba a alguien.

Jorge giró su cabeza hacia la dueña de la casa y le informó que era el jefe de la policía el que estaba afuera y acto seguido acotó:

—Me olvidé de decirte que necesita hablar contigo.

El hombre entró, era alto, delgado, rondaba sus cincuenta abriles, con un traje verde oliva. Tenía en su mano un sobre enorme de color azul; se acercó a la mesa y Jorge le introdujo a Alexis y luego a las demás personas que estaban allí.—Lo lamento señora —y le estrechó la mano— mi nombre es Ricardo, soy el encargado o jefe de la búsqueda de su marido.

Alexis le invitó una taza de café al recién llegado, este se sentó en el extremo de la mesa y luego miró directamente a los ojos de ella.

—Tengo que hacerle unas preguntas de rigor señora —la mujer sentada junto a él asintió.

—¿Han tenido problemas últimamente? —comenzó el hombre.

—¿Usted cree que mi marido se fugó con otra persona? ¿Eso es lo que trata de decirme? —respondió la mujer— No creo que Tom califique en ese criterio —siguió— algo le pasó porque no puede desaparecer sin dejar rastro. Volviendo a la pregunta suya, claro que hemos tenido problemas, como cualquier matrimonio. ¿Cree usted que él nos abandonaría cuando estaba tan ansioso por venir con nosotros?

Jorge retomó la conversación:

—Me siento culpable de todo esto porque le ordené recoger ese camión. Quizás esto no hubiera pasado.

—¿Cómo puede desaparecer misteriosamente? —preguntó Pato.

—Eso es lo más anormal —comentó Ricardo y acto seguido llevó su mano a su saco de color verde oliva y extrajo la linterna de Tom y la colocó sobre la mesa, junto a su celular. Esto es todo lo que obtuvimos de la escena. Nada, no hay nada que nos indique que fue atacado por una bestia salvaje, si así hubiera ocurrido, cosa que dudo mucho, encontraríamos restos de su vestimenta o rastros en la maleza, pero nada, es como si la tierra se lo hubiera tragado. El camión estaba encendido y los animales estaban en perfecto estado. Algo raro, muy, muy raro.

—O que una nave espacial se lo haya llevado ¿verdad? —acotó Carlos.

Ricardo miró a Jorge de una forma muy particular. Como dice el dicho popular: "hay miradas que lo dicen todo."

—No, no, para nada —respondió rápido— es una teoría descabellada.

Luego sonrió un poco nervioso sin que los demás, excepto Jorge, descifraran ese acto.

—Hemos llevado canes de rescate y estos no salen de alrededor del camión, es como si nunca salió de ese lugar. Esto es un misterio total, porque tenemos más preguntas que respuestas.

—¿No cabe la posibilidad de que algún animal salvaje enorme lo haya atacado y luego lo cargó hacia lo profundo del bosque? —continuó Pato.

—No, no cabe esa posibilidad, porque este acto debería haber dejado huellas y no se observan a simple vista, aunque sí es muy común por lo dicho por los choferes, que pululan en esa zona toda clase de animales salvajes, pero nuestros canes están bien entrenados para esta clase de situaciones. Pero vuelvo a recalcar: todo esto es un misterio. Seguiremos buscando e indagando hasta que la punta del ovillo salga.

Luego extrajo las fotos del sobre azul y las mostró una por una a Alexis. Eran fotos tomadas de diferentes ángulos de ese lugar. Ella lo observaba sin ver, Pato colocó su mano sobre el hombro de su amiga y la apretó fuerte en señal de "estamos contigo."

El policía miró a Jorge y luego agregó:

—Tengo que retirarme, estaremos en contacto —al tiempo que extendía su mano a Alexis— muchas gracias por el café, estaba más que delicioso.

Caminó hacia la puerta acompañado por ella, abrió la puerta de su coche y antes de introducirse, Alexis le preguntó sin que nadie lo escuchara, pues todos estaban dentro, solo Leslie era su testigo:

—Dígame la verdad Ricardo, usted tiene vasta experiencia en esto. ¿Qué fue lo que le pasó a mi marido?

Lo conozco más que su madre y él no es de desaparecer. ¿Qué fue lo que le paso?

El experimentado policía tragó saliva y al bajar su vista se encontró con la de la pequeña que lo miraba como su madre.

—No tengo la menor idea, señora. Es la primera vez que ocurre esto, es algo inexplicable. Yo también estoy anonadado por este caso. Quizás… quizás…

—¿Quizás qué? —preguntó la mujer.

—Quizás si lo encontramos en algún punto del país, se lo notificaremos a la brevedad.

El experimentado policía iba a opinar sobre una descabellada historia que tenía, pero calló.

Madre e hija lo contemplaban en silencio, con el mismo calco de mirada.

El coche se alejó lentamente y ambas mujeres retornaron dentro. Sentada fumaba y meneaba la cabeza en señal de descontento.

—De verdad Jorge, ¿ningún animal lo atacó? —preguntó la mujer.

—Alexis, nada de eso hay, porque si hubieran encontrado algún cadáver, por más que esté irreconocible, la policía nos lo hubiera dicho —respondió el hombretón— estuve allí cuando ellos me llamaron. La patrulla caminera encontró el camión encendido y con las luces puestas, abandonado. Esto es como si se hubiese esfumado en el aire.

Jorge se había retirado, solo estaban sus amigos. Luego Carlos se retiró y solo quedaron las dos mujeres.

—¿Qué crees tú de todo esto? —Pato preguntó a su amiga. La otra mujer se encogió de hombros

— ¿Encontraron los documentos? —preguntó esta. Alexis meneó su cabeza negativamente, al tiempo que le hacía otra pregunta a su amiga:

—¿Crees que se pudo escapar con otra mujer? —la otra mujer acusó las palabras y contestó tajante:

—No, Lexis —la llamaba con ese diminutivo— no te pongas esa idea errónea en la cabeza. Él te amaba, eras el aire que respiraba, eras su centro. Esto que está pasando es inverosímil —continuó diciendo su amiga a Alexis. La noche había caído en esa pequeña ciudad, la mujer sentada dijo:

—Estoy tan cansada mentalmente, Pato.

—Vete a descansar, yo me encargo de los niños —respondió su amiga. Alexis caminó hacia su cuarto, se duchó y luego se acostó. De pronto se vio caminando a la misma vera del río del sueño anterior. Ella era una persona que muy rara vez tenía sueños. Caminaba sola he hizo el mismo recorrido del camino, luego se paró frente al enorme árbol del cual se había descolgado el enorme lagarto; no había nada malo que le asustase, dio su espalda y siguió caminando cuando escuchó un ruido sordo a unos veinte metros detrás de ella, como la primera vez. Giró despacio y lo que vio le alegró sobremanera, era su Tom que se había descolgado y la miraba sonriente de verla. Comenzó a camina hacia él, cuando algo la detuvo abruptamente. Lo miró detenidamente y se horrorizó con lo que vio, era el enorme lagarto pero con la cara de su esposo. Giró y comenzó a correr con todo lo que daban sus atléticas y torneadas piernas. Al girar su cabeza, el terrible animal saltó sobre ella.

MATADERO

Tom se sobresaltó de su sueño, quedó con todos los sentidos puestos en alerta. Escuchaba ruidos metálicos a lo lejos, decidió dejar su temporal escondite y caminó hacia la escalera de la habían bajado las criaturas. Miraba hacia todo lados, llegó hasta el otro nivel y caminó hacia su izquierda, con el vacío a su derecha y con una malla transparente que actuaba como contención. Se encontraba a varios metros de altura, las luces no eran bifocales pero sí luminosas, como jamás hubiera visto, lo cual dejaba una semi penumbra hacia lo alto del techo y todo el largo pasillo donde se encontraba. Pudo observar hacia abajo, donde estaban ubicadas enormes máquinas que trabajaban automáticamente; al otro lado una pared interminable que llegaba hasta el final del enorme pasillo. Caminó agazapado y pegado a la pared, luego decidió mirar hacia abajo y observó que había varias criaturas enormes trabajando, pero al observarlas detenidamente, parecían robots por sus movimientos, había un centenar de ellos. Observó que los cuerpos humanos venían de otro lugar colgados de sus pies, se detenían justo allí y estas enormes criaturas abrían en dos el cuerpo, la sangre era vertida en un canal, para después descolgarlos y colocarlos sobre una colosal mesa; los trozaban con una luz que emitían sus manos, las manos y los pies eran colocados en una cinta transportadora. Eso creyó percibir porque no observó cinta, los miembros eran succionados, como si levitasen, era tan extensa que se perdía detrás de unas enormes paredes. Las cabezas eran colocada en una pequeña caja rectangular, partían el cuerpo al medio y las vísceras eran derramadas en esa enorme mesa. Decenas de ellos trabajando, las vísceras eran seleccionadas y colocadas en cajas rectangulares con luz propia, el olor característico de la sangre inundaba el ambiente, estaba tan ensimismado con lo que estaba viendo, que olvidó dónde estaba.

Giró su cabeza en ambas direcciones, nadie venia por ese pasillo, todas las partes eran colocadas en esta cinta succionadora que se perdía hasta donde él podía ver. Centenares de cuerpos desmembrados con precisión, el rojo de la sangre se confundía con la vestimenta del mismo color que estos poseían, la sangre corría como agua por ese canal y alcanzó a divisar que los cuerpos provenían de otro lugar. Hasta donde alcanzaba a observar, los restos que no eran comestibles eran arrojados en otro enorme canal cubierto con una cobertura transparente, porque divisó a algunos de ellos caminar por encima. Esto era mucho para Tom, su mente trabajaba vertiginosamente a mil, como si el universo entero confabulara en contra de su persona.

Quedó un rato pegado a la pared, casi se desmaya, pero luego se recompuso, perplejo ante tamaña envergadura de lo presenciado. Miró hacia ambos lados, el aire estaba lleno de óxido, comenzó a caminar en la dirección de dónde venían estos cuerpos; estaba totalmente sorprendido porque no habían notado su presencia hasta ahora, este colosal matadero era increíblemente enorme, más de lo que la mente humana pueda abarcar. Caminó en la dirección de donde provenían los cuerpos pero la cinta transportadora era tan extensa que se perdía detrás de una enorme puerta. Centenares y centenares de cuerpo colgados que parecía que todo era irreal, había avanzado bastante cuando localizó una escalera que al parecer conectaba con todos los niveles. Se acercó sigilosamente y alzó su vista. A juzgar por lo que veía, estaba en lo cierto. Decidió subir, al final de esta el pasillo chocaba con una enorme pared bifurcando en dos. Asomó lentamente su cabeza y observó a ambos lados, solo se escuchaba el siseo de las enormes máquinas encendidas, era metal o parecía de metal toda esta construcción. Un metal muy brilloso como el oro terrestre. Vio luces al fondo de este camino, luces muy potentes que provenían desde abajo, todo el lugar donde él estaba era claroscuro. Avanzó hacia la luz y asomó lentamente su cabeza, estaba ubicado a unos cinco metros del piso, la escena que vio lo dejó atónito: humanos en fila, tres largas e interminables filas de humanos. Los pudo ver claramente porque se encontraban a escasos veinticinco metros de donde él estaba agazapado en la penumbra.

Divisó que estos humanos entraban en un recinto transparente enorme, como si estas paredes tuvieran luz propia, con siete puertas o entradas; siete criaturas sentadas en un enorme panel o similar a esto y descargas eléctricas lo recorrían y también envolvían a estas criaturas.

Quedó observando estupefacto. ¿Qué clase de tecnología poseían estos animales? —pensó un instante. Este lugar era enorme, miles de humanos en formación de guerra esperaban su turno hacia el plato de alimento de estas vacas o criaturas; varias de ellas supervisando todo y caminando entre ellos, sin que estos se rebelasen. Así todos estos humanos terminaban en este control donde siete humanos caminaban dentro de este enorme recinto iluminado. Una descarga eléctrica descargaban en sus cabezas y estas caían muertas, luego esta cinta transparente, era como si los cuerpos flotasen, los trasladaba unos metros donde siete criaturas iluminaban todo su cuerpo con una descarga eléctrica y luego los izaban en una corredera metálica, que era controlada por ellos; así los cuerpos viajaban hasta donde él acababa de venir, el trozadero, como lo llamó en su mente.

Todo era muy vertiginoso para él. Lo que estaba presenciando no sabía si era realidad o pesadilla, pero si esto era así, tarde o temprano debería despertar. Quedó agazapado, atónito ante lo que sus ojos veían; se incorporó lentamente y comenzó a caminar sobre sus pasos, o eso creyó hacer, estaba en el limbo, cuando escuchó pisadas que se dirigían hacia él. Puso toda su atención y los pasos sonaban cada vez más fuertes, corrió opuesto al sonido, vio una enorme puerta, al parecer abierta y trató de entrar y se golpeó la cabeza.

Recordó lo que le pasó al querer ingresar a este estructura, el sonido se acercaba más y más. El pasillo era largo, corrió y alcanzó a girar a su izquierda, los pasos se dirigían hacia donde él estaba, volvió a correr y no creía tener chance de llegar hasta la otra esquina. Unas columnas enorme que sobresalían de la pared estaban delante suyo. Se pegó a la pared conteniendo la respiración, escuchó los pasos acrecentarse más y más, pasando a escasos centímetros de él. Eran cuatro de ellos y solo rogó porque ninguno volteara a mirar detrás, porque estaría perdido. Los vio alejarse, sus estaturas lo dejaron asombrado pues rondaban los dos metros y medio o quizás más, con sus colas bamboleando en el aire.

Estaban totalmente vestidos de un rojo eléctrico. Quedó en esa posición un instante y luego giró rápidamente por si algunos de ellos giraba sobre sus pasos, tuvo suerte, pues caminaron por ese largo pasillo semi iluminado. Decidió volver sobre sus pasos, pero no, optó por seguirlos y esperó a que estos giraran en la esquina y corrió rápidamente; al llegar al final, los escuchó subir una escalera que se encontraba en la mitad de este otro pasillo. Apuró sus pasos y los oyó alejarse, subió cautelosamente y desaparecieron de su vista.

Era un pasillo con paredes a sus costados, caminó sigilosamente hasta llegar a una enorme puerta, asomó lentamente la cabeza pero nadie se encontraba allí. Este salón estaba perfectamente iluminado, giró y volvió sobre sus pasos, bajó la corta escalera, giró a su derecha y volvió a caminar hasta llegar a un angosto pasillo. Al final de este se encontró una escalera corta, como la que había subido antes; había perdido su brújula, caminaba donde creía correcto. Ponía toda su atención y percibió que alguien se acercaba, al pie de esta corta escalera se encontraba una enorme puerta de color plateado.

Apoyó su mano izquierda y esta desapareció de su vista, entró al recinto rápidamente, estaba completamente iluminada. Caminó unos pasos dentro y luego giró su cabeza lentamente, la sangre se le heló: tres criaturas comiendo, sentadas a una enorme mesa transparente, lo escudriñaban atentamente, él las miraba espantado, perplejo, lleno de temor. Ellas también lo observan estupefactas, con la boca abierta. Una de ellas tiene un enorme vaso plateado en su mano.Escuchó decir a uno de los que estaban sentados: "¿Qué está haciendo aquí este humanoide?" El otro que estaba sentado más alejado les dice a estos: "Déjalo, a ver qué se propone. No te muevas, a ver qué reacción tiene."

—¡Saltará a tu plato! —contestó otro y echaron a reír. Las risas estentóreas lo sacaron del ensimismamiento que tenía. Tres pares de ojos taladran su persona. Tom siente un profundo y visceral miedo, retrocede lentamente hacia la puerta que quedó abierta sin dejar de mirarlos, la cerró y echó a correr hacia cualquier lado.

Avanzó unos metros y giró su cabeza, estas criaturas lo perseguían, corrió a todo los que sus piernas podían dar por ese largo e interminable pasillo. Giró a su derecha y una escalera se encontraba a unos metros, bajó rápidamente y llegó al final de esta, corriendo con desesperación por este pasillo con el vacío a su izquierda. Las criaturas estaban detrás de él, giró a su derecha al llegar al final y observó que este pasillo conducía a una enorme escalera, decidiendo subir.

Escuchó voces que provenían de ese lado, bajó rápidamente pero sus seguidores lo atraparon. Forcejeaba con ellos, poseían una fuerza descomunal, pero el miedo a lo desconocido hace que se saquen fuerzas de donde no se tienen. Tres de estas criaturas que lo seguían más otros tres que habían descendido por la escalera, pero no importaba, seguía luchando por liberarse, al encontrarse perdido.

Gritó con toda la voz que tenía: "¡No quiero morir, no quiero ser comido por ustedes, vacas caníbales!" Sorprendidos al escucharlo hablar, lo liberaron como si hubieran atrapado a un monstruo.

Exclamaron todos juntos: "¡Un humanoide que habla!" Él aprovechó ese descuido y huyó de sus captores.

—¡Prendámosle! —gritó uno de ellos y comenzaron a correr. Tom corrió todo lo que sus piernas daban, porque no prestaba atención cuando Alexis le sugería: "Tienes que salir a correr o caminar, amor." Giró a su izquierda y su suerte le jugó una mala pasada, enfrente y a unos diez metros de él, se encontraba media docena de ellos y a su derecha el vacío de varios metros de altura. Apoyó las manos en esa baranda plateada listo para sellar su suerte, cuando uno de estos le arrojó algo redondo como una pelota de golf y esta, al hacer contacto con su cuerpo, lo envolvió con centenares de filamentos luminosos.

No podía moverse, estaba atado con sus manos a los costados del cuerpo y los pies juntos.

Gritaba a viva voz: "¡Déjenme, suéltenme, criaturas del infierno! ¡Vacas come humanos! ¡Son todos demonios con cara de vaca!"

Ellos, estupefactos, hablaban y comentaban entre sí: "¡Puede hablar! Es la primera vez que escucho hablar a un humanoide en millones de años. ¡Puedes hablar! ¿Cómo es que puedes hablar?"

—Esto es primicia interestelar —acotó otro— ¡Seremos famosos y saldremos en todos los noticieros!

"¡Atrapan a humanoide que habla!" —se reían a carcajadas. Su cuerpo comenzó a levitar y moverse en la dirección en que estos caminaban, lo miraban desde sus estaturas asombrados, estaba totalmente inmóvil. Su suerte estaba echada, estaban asombrados de que hablase e iban hablando todo el trayecto de lo inverosímil que era todo esto. En el trayecto hacia donde le llevaban, se acercó una de estas criaturas con un casco luminoso de color azul bajo sus brazos y le preguntó: "¿Puedes hablar?" Tom lo miró desde la posición en que estaba y le contestó: "Claro que puedo hablar." Perdió la cuenta de cuántos minutos estuvo en esa posición, porque se quedó dormido.

GUARDIANES DEL UNIVERSO

Se despertó sobresaltado. Estaba acostado en una camilla, al abrir los ojos estaba rodeado por decenas de estas criaturas, uno vestido del mismo color de los que estaban en el control de seguridad, se acercó.—¿Puedes hablar? —le preguntó.

—Sí, ¡claro que puedo hablar! —respondió.—¿Desde hace cuánto puedes hablar?

—¡Desde toda mi vida! —respondió ofuscado y trató de moverse pero no lo consiguió. Luego esta criatura puso sus manos sobre su estómago y automáticamente los hilos se volvieron un pequeño redondo blanco, se incorporó lentamente y este le colocó su mano derecha sobre su hombro y con tono firme pero amable le advirtió:

—Si cometes una locura, te lo habrás buscado.

Tom asintió con la cabeza y pudo observarse a sí mismo en la enorme pared del cuarto, que pareció cobrar vida por sí misma, dando lugar a una pantalla televisiva tridimensional. Podía verse en tiempo real, rodeado por ellos, que hablaban y gesticulaban y se reían de cómo eran famosos, pues se contemplaban a sí mismo y saludaban al mismo tiempo. Él no observó a nadie con una cámara trasmitiendo, eso era lo más extraño, como si toda la estructura donde estaba, el techo y las paredes actuaran como una lente, transmitiendo instantáneamente lo que estaba pasando y volcándolos a estos informativos. Vio cómo diferentes criaturas en lo que parecía ser un noticiero, solo hablaban de ello y lo mostraban rodeado por ellos.

De pronto, una criatura vestida de blanco entró en la sala y se acercó, parecía ser como una enfermera terrestre; era del sexo opuesto a estos, realmente era una criatura femenina. Se acercó y todos le cedieron espacio.

—Mi nombre es Resk —le escuchó decir— soy una de las encargadas de las luces purificadoras de este lugar.

Su perfume lo envolvió, una esencia que él jamás había percibido antes. Sus enormes ojos negros destilaban una serenidad inconmensurable. Apoyó sus dos manos en su hombro y Tom bajó la cabeza cohibido, porque se encontraba totalmente desnudo. Ella tomó su rostro con su mano derecha y le preguntó:

—¿Puedes entender lo que hablamos? —él asintió con la cabeza y su voz— Puedes hablar ¿verdad? —volvió a asentir— ¿Desde hace cuánto lo haces?

—Lo hago desde mi nacimiento —respondió y luego Tom comenzó a preguntarle dónde estaba, qué era este lugar y porqué ellos comían a los seres humanos. Ellos no sabían lo que él estaba diciendo, pero podían deducir que algún idioma estaba hablando. Todas la criaturas estaba sorprendidas con él. —¡Puede hablar y entender lo que decimos! Esto es algo fuera de la galaxia.

Notó que sus manos eran iguales a las de los seres humanos, solo que un poco más alargadas, sus cuerpos eran macizos, creyó eso percibir cuando los tocó al forcejear, pero no eran en nada agresivos como para sentirse intimidado. Solo sus estaturas lo intimidaban más que sus actos, pero ¿por qué comían carne de humanos? —se preguntó.

Resk giró su cabeza al grupo que estaba detrás de ella y en ese preciso instante entra en escena otra criatura vestida de blanco, camina hacia él y lo toma amablemente del hombro.

—Mi nombre es Tera —se presentó. Su esencia también lo envolvió, la energía que emanaba de sus cuerpos era tal que se sintió reconfortado. ¿Cómo estas criaturas podían tener esa paz y al mismo tiempo devorar humanos? —se cuestionó. Luego repitió la misma pregunta de los otros:

—¿Así que puedes hablar?

Él la miro y movió su cabeza en señal positiva. Esta le dijo a la otra que estaba vestida de blanco:

—¿Y si él es un experimento de los Controladores de Luz? Entiendes lo que estamos diciendo, ¿verdad? —le preguntó. Tom hizo una señal positiva con su cabeza.

—¿Estuviste con algún Controlador? —meneó su cabeza en señal negativa.

—Qué raro que puede hablar —le expresó Tera a la criatura de seguridad. Este la miró y luego acotó:

—Esto es obra de los Controladores de Luz ¿Cómo es posible que hable y entienda lo que hablamos?

Tom también estaba perplejo. ¿Cómo es que puede entender lo que ellos hablan? Pero calló y pensó: "Y si la carne que comió hace un par de horas estaba infectada con alguna clase de hongos alucinógenos debido a que la vaca los había comido y nadie se dio cuenta de ello, y ahora estaba alucinando y quizás se encontraba en algún hospital terrestre? Es por eso que confió en que todo esto no estaba pasando y que solo era inventado por su imaginación. Resk apareció con una bandeja cubierta y luego la destapó delante de él y le ofreció comer. Hizo una señal de desconcierto y desconfianza y negó con la cabeza, tenía hambre y lo que ella trajo exhalaba un aroma que invitaba a degustarlo.

Resk pareció leer su mente y tomó la bandeja en su mano derecha, su altura era imponente, luego tomó una fruta redonda de color violeta y se la acercó a la boca, al tiempo que le sugería amablemente que comiera.

Tomó el primer bocado y le supo rico, con un toque a sabor de ananá; se veía reflejado en tiempo real en la pantalla, todos lo miraban perplejos. Devoró en segundos lo ofrecido y sintió más alivio al saber que no lo lastimarían, o al menos eso indicaban sus palabras.

Uno de los que estaban allí le volvió a preguntar si tuvo contacto con los Controladores de Luz. Volvió a negar con la cabeza y se encogió de hombros. Tera estaba cerca, con sus manos rodeándole el hombro, podía aspirar su perfume, ella fue la que mencionó a Gabriel.

—Él sabrá todo lo concerniente a él, no hay secretos para su mente.

—Los Guardianes vienen por él —explicó otro.

Resk pensativamente exclamó: "¡Esto es trabajo de los Controladores! Porque ¿cómo se explica —añadió— que pueda entendernos y no saber de dónde provino?"

Estaba sentado en el aire porque no observó nada debajo, palpó con su mano izquierda el contorno de esta y era como si el mismo aire se solidificara para dar paso a una cama, sin saber ahora si era un experimento como estaban diciendo o si realmente fue enviado por alguien o algunos a este lugar. Estaban hablando de esto extraño, cuando de pronto una de las criaturas vestidas con el uniforme de seguridad, entró y se le acercó y le explicó pausadamente que debido a que los Guardianes estaban en camino, debían sujetarle a la silla. Él no observó ninguna, pues ellos así lo habían ordenado. Bajó de la camilla y su estatura parecía ser mucho menor parado ante ellos, una silla se solidificó ante él con descargas eléctricas envolviéndola. Lo miraron y leyeron sus pensamientos:

—Siéntate, nada te va suceder —le dijo una de estas criaturas de seguridad. Se sentó con desconfianza y al hacerlo esta lo sujetó, no dejándole mover sus extremidades. La silla levitaba sin que nadie la controlase. Caminaron por ese pasillo enorme y aséptico contemplándose a sí mismo de tanto en tanto en algunas de las paredes, estaba sujeto como un auténtico psicópata; las paredes tenían luz propia, caminaron hasta llegar afuera. "Todavía es de noche" —pensó. Eso pudo observar o creyó percibir. Las criaturas todavía no salían de su asombro. Levantó la vista hacia el cielo y observó unas como naves espaciales de forma oval suspendidas en el aire, a escasos diez metros de donde se encontraba él.

Pudo contar tres enormes naves, una de estas tocó el suelo sin siquiera levantar polvo o algo parecido, la gran puerta redonda se abrió y tres enormes criaturas emergieron; eran más altos que los demás, todo su cuerpo o su vestimenta era envuelto con descargas eléctricas de color violeta. Al bajar lo miraron unos segundos para luego alejarse hacia donde se encontraban Resk y Tera, junto a las demás criaturas.

Se estrecharon las manos y se dieron besos en sus cabezas y rostros, después del saludo comenzaron a hablar con estas criaturas y de tanto en tanto lo señalaban.

Tom seguía pensando que todo esto era irreal y que era producto de su imaginación por el deseo loco de comer carne de res a las brasas, o quizás porque cuando observaba que los activistas de la defensa del animal, o cuando algún vegetariano sugería que comer vegetales y frutas era más saludable que comer un trozo de carne porque obstruía las arterias, se ponía colérico y hablaba solo con la TV, causando la risa de Alexis.

O realmente todo esto estaba pasando y físicamente estaba en otro mundo o dimensión. De pronto estas tres criaturas se aproximaron a él, acompañados de las mujeres; uno de ellos, con voz pausada pero firme, le preguntó lo que de antemano sabía:

—¿Puedes entender y leer lo que hablamos? —miró a estas criaturas como recién salido del manicomio, escuchó tantas veces esa pregunta.

—Sí —respondió con la cabeza.

—¿Qué idiomas hablas que nosotros no entendemos? ¿A qué galaxia o firmamento perteneces?

Tom se encogió de hombros, sus cuerpos eran totalmente cubiertos por estas descargas eléctricas y sus rostros de tanto en tanto resplandecían.

—¡Pronto lo sabremos! —exclamó otro—

Vendrás con nosotros.

Tom se miró los pies y las manos sujetos a la silla que estaba a un metro del piso levitando, luego uno de los Guardianes giró su cabeza hacia los de seguridad, como si telepáticamente les hablara y uno de estos se acercó como si hubiera entendido el mensaje y la silla, invisible a sus ojos, lentamente hizo contacto con el suelo. Luego sintió las manos liberadas, se incorporó lentamente y parecía un enano entre gigantes. Caminó lentamente hacia dentro de la nave, el piso cristalino dentro le devolvió su figura, todo era luminoso por dentro; luces multicolores recorrían la estructura, como si la pared misma cambiara de color.

Caminaron hasta llegar a un enorme recinto que ante sus ojos estaba vacío, las criaturas le cedieron el paso primero y luego entraron tras él. El piso parecía de un vidrio que contenía filamentos de oro, la luminosidad tanto del piso como de las paredes iluminaban totalmente el recinto. Resk lo invitó a sentarse, miró hacia todos lados y no vio ninguna silla. Tera sonrió mirando a Resk, luego ambas giraron sus cabezas con una sonrisa hacia las otras criaturas y uno de ellos se adelantó y con tono firme le habló.

—Mi nombre es Ra. La computadora lee tu mente y solidifica las cosas.

Luego les habló a los demás diciéndoles: "No creo que su mente esté preparada para esto y esto es lo más raro."

Tom observó con cierto descreimiento a las cinco criaturas enfrente y palpó lentamente con su mano izquierda el contorno de la enorme silla sin verla. Se sentó lentamente con desconfianza. Resk se sentó a su lado y Tera en su otro costado, las otras criaturas se sentaron frente a él. Los cuerpos de las criaturas femeninas comenzaron a ser envueltas por las mismas descargas eléctricas y sus rostros comenzaron a emitir un brillo especial, las miró con cierto asombro, pero Resk lo calmó apoyando su mano en el hombro.

—Mi nombre es Terek —se presentó otro de ellos— somos los GUARDIANES de la seguridad del planeta donde vivimos.

Ra, que estaba a su izquierda, le esbozó:

—Haremos un pequeño viaje hasta Gabriel, nunca hemos sabido en millones de años que un espécimen como tú hable —luego continuó— te llevaremos ante él para que te lea y nos diga de dónde provienes.

ANCIANOS GALACTICOS Y GABRIEL

Terek le preguntó: "¿Cómo es que puedes entender lo que hablamos, leerlo y no hablar? ¿No recuerdas haber estado con alguno de los Controladores?"

Tom lo observó inciertamente y Tera fue la que continuó:

—¿Y si borraron su mente y lo hicieron creer que fue enviado aquí?

—¡Todo es posible! —le respondió la última de las criaturas, de la que aún no sabía su nombre. Acto seguido lo miró detenidamente como si quisiera leer su mente y luego se presentó: "Mi nombre es Lar, acércate un momento."

Tom se acercó lentamente a él y quedó parado a un metro de distancia de este. Fue entonces que comenzó a hacer señas con su mano derecha, llevándose a su boca que no podía hablar su idioma, pero sí entenderlo al tiempo que llevaba la mano a su oído. Hacia señas como un sordomudo que trata de hacerse entender. Lar lo contemplaba sin omitir sonido, luego extrajo algo de su bolsillo y abrió la palma de su mano. Corrientes eléctricas recorrían estas, un diminuto punto rojo como una moneda tenía en su mano, luego, dirigiéndose a él le ordenó:

—Toma el dispositivo de mi mano.

Tom tomó el pequeño botón rojo con su mano derecha, luego esta criatura continuó hablando:

—Entrega lo que tienes en tu mano a Resk.

Giró sobre sus pasos y acató el orden, parado frente a ella. Luego Lar le dijo: "Abrázala." Abrazó con cautela a esta enorme criatura, su cuerpo era macizo pero su esencia lo envolvía internándolo en un laberinto de paz, del cual no quería salir. Ella correspondió a su abrazo, su rostro quedó a centímetros del suyo y pudo reflejarse en esos enormes y serenos ojos negros sin malicia que lo contemplaban. ¿Realmente estaba allí? —se preguntó. Sintió una paz infinita, cual nunca antes había sentido, sintió pequeñas descargas eléctricas recorrerle el cuerpo. Ella acarició su rostro con su mano derecha, el amor sin mezquindad flotaba en el aire.

—¡Tiene sentimientos! —expresó Ra.

—¡Esto es lo más intrínseco! —meditó en voz alta Terek. Luego fue el que lo llamó:

—Acércate. Tom se acercó, este le hizo una pregunta que nadie le había hecho— ¿Tienes familia? —Tom asintió con la cabeza— ¿Tienes hijos? —contestó afirmativamente— ¿Dónde están ellos? —le preguntó Resk.

¿Cómo explicarle si de todas maneras no iban a entenderlo? Gesticuló algunas palabras para luego quedarse callado mirando el piso, al tiempo que devolvía lo que este le había otorgado minutos antes.

Lar fue el que opinó: "Este espécimen si no es de otra galaxia, algún Controlador tocó su cerebro para que hable en forma ininteligible y de esa manera despistarnos." Todas las criaturas le observaban perplejos y atónitos. No supo cuánto tiempo estuvo volando, porque la nave no emitió sonido y tampoco se percató de que se hubiera movido por estar en el aire. La enorme puerta se abrió y Lar fue el que se incorporó primero.

—Ven con nosotros —le dijo— no tengas miedo, nada te ocurrirá.

Tom sintió un fuerte impulso de contestarle a este: "¿Cómo que nada te pasara? ¡Si ustedes comen carne de humanos como yo!" Pero calló y asintió con la cabeza. La luz blanca del día los recibió, levantó la vista al cielo y lo que vio lo dejó pasmado: centenares de naves suspendidas en el aire, tan enormes que abarcaban kilómetros.

Se detuvo a contemplarlas, ellos dejaron que lo hiciera, el piso debajo de sus pies era de vidrio opaco que se extendía hasta donde abarcaba su vista. Los cuerpos de estas cinco criaturas comenzaron a despedir un brillo especial, las descargas eléctricas ahora envolvían también los cuerpos de Resk y Tera. Bajaron a metros de una enorme construcción que emitía fulgores en color oro, tan enorme como siete estadios de futbol. No observó vegetación en ese lugar, las nubes de color violeta que rodeaban el lugar emitían de tanto en tanto rayos en su interior, estaban tan cerca de aquellas naves dándole un toque místico. Observaba a sus alrededores por si tenía una chance de escapar. Caminaron los metros que los separaban de aquella inmensa estructura, al estar cerca de esta pudo palpar su textura y en realidad era toda de oro. ¿Dónde estaba? —volvió a cavilar otra vez.

Parados frente a una de las paredes, las cinco criaturas se arrodillaron en señal de reverencia, súbitamente se hizo una enorme puerta en la estructura. Una vez dentro, una corriente de aire los suspendió a todos, quedando a escasos centímetros del piso y los comenzó a llevar por un largo y enorme pasillo. La imagen de Tom se reflejaba en el piso refulgente color oro, las paredes estaban cargadas de luces multicolores y como si esta tuviera vida propia, emitía cada intervalo un color blanco, más blanco que la nieve. ¿Qué clase de tecnología poseían estas criaturas? Pensó si en realidad su presencia estaba allí, luego de varios minutos se detuvieron y sus pies lentamente hicieron contacto con la superficie aséptica. Entraron en un amplio cuarto redondo sin que su vista hiciera contacto con nada, como si en realidad este estuviera vacío. Terek se acercó a él y en tono amable le pidió sentarse, volvió a mirarlo como la primera vez, este esbozó una sonrisa y acto seguido palpó con sus manos nuevamente y al tacto el asiento apareció, pero no a su vista.

Tom pensó que era como si solidificaran el aire, ¡pero cómo! Resk y Tera desaparecieron ante su vista, como por arte de magia, Tom buscó hacer contacto visual con ellos pero nada. Lar observó sus movimientos y le explicó:

—Ya regresan, hicieron un pequeño viaje estelar en cuerpo pero pronto estarán aquí.

Sentado allí con las manos entrelazadas, su cabeza trabajaba vertiginosamente, mil ideas pasaban por su mente: "Si puedo escaparme ¿a dónde iré? —se preguntó, porque realmente no sabía lo que decidirían sobre su destino. Por momentos sentía un bálsamo de paz y concluía que no iban a dañarle, pero retenía las imágenes en su retina que no se disipaban fácilmente. Al cabo de un rato, una criatura femenina se corporizó delante de ellos, era tan alta como estos, vestida de un largo delantal blanco, un blanco que jamás Tom hubiera presenciado en la Tierra. Su vestido poseía luz propia, los tres se inclinaron en señal de reverencia, luego se dieron un beso en ambos lados de sus caras.

—¡Qué grato es volver a verte! —exclamó Terek. Ella sonrió con dulzura y luego acotó:

—Hemos recibido tu mensaje telepático, hermano —dijo al tiempo que lo tomaba de las manos. Luego Lar y Ra besaron sus manos. Al cabo de unos minutos se acercó a Tom y lo miró a los ojos, pudo ver una infinita paz en esos enormes ojos.

—Mi nombre es Ersinoe —se presentó. Poseo las llaves de Gabriel. ¿Cómo te llamas? —le preguntó, para luego remarcarle: "¡Quiero escuchar de tus labios tu nombre!"—Mi nombre es Tom —balbuceo.

—Tom ¿verdad? —asintió con la cabeza— me dijeron que puedes hablar. —volvió a asentir— ¿Tampoco sabes cómo has llegado aquí? —se encogió de hombros.

Luego se dirigió hacia los Guardianes: "Gabriel nos espera." Salieron al enorme pasillo con piso de oro, Lar fue el que iba a hacer una pregunta a Ersinoe cuando Tera y Resk se volvieron a corporizar delante de ellos. Estas últimas se inclinaron ante ella, luego se abrazaron como si no se hubieran visto en años. Ersinoe colocó sus manos en ambas cabezas y los acariciaba y besaba, al cabo de unos minutos, las invitó a seguirla.

Levitaron por ese enorme pasillo aséptico hasta llegar a determinado lugar, volvieron a hacer contacto con el piso metálico y caminaron varios metros por un enorme pasillo donde el piso y las paredes eran de oro, hasta que una inmensa pared les bloqueó el paso. Los cuerpos de las criaturas comenzaron a despedir un brillo que iluminaba el recinto. Ersinoe apoyó su mano derecha en la pared de oro, estuvo así unos segundos y una enorme puerta se dibujó. Ella fue la primera en entrar, luego extendió su mano hacia Tom y este avanzó unos pasos para encontrarse dentro. Lo que presenciaron su ojos lo dejó completamente atónito; el recinto era tan grande como tres estadio de futbol, la inmensa bóveda estaba totalmente cubierta de oro. Su piso era totalmente de diamantes, las paredes brillaban con el característico color de ese precioso metal, partes de las paredes eran de diamantes que despedían un brillo multicolor. Descargas eléctricas surcaban su estructura, nubes de color violeta suspendidas que de tanto en tanto eran surcadas por estas descargas.

No alcanzaba a divisar el techo, puesto que las descargas surcaban iluminándolo todo. Respiró profundo el aire cargado de santidad, giró su cabeza hacia todos lados contemplando aquella majestuosidad, estaba totalmente asombrado, hasta que Ersinoe le tomó de la mano y lo condujo hacia el centro de esta estructura, donde los esperaban en semicírculo siete criaturas sentadas. Al estar a varios metros de estos, las cinco criaturas que lo trajeron se postraron en su rostro, estuvieron así varios minutos. Tom contemplaba atónito la escena, luego fue Ersinoe la que habló:

—Saben el porqué de estar aquí ¿verdad?

Las siete criaturas se levantaron de sus asientos y pudo observar que la que estaba en la última silla era una criatura femenina.

—¡Sí, claro! —contestó uno de estos.

Luego volvieron a sentarse. Resk apoyó sus dos manos en su hombro y automáticamente su cuerpo sintió el contorno de una silla que lo elevó hasta quedar a la altura de ellos. Tom, sentado allí, no podía mover sus extremidades, como si esta ejerciera una fuerza de atracción. Una de las criaturas sentadas levantó su mano hacia Ersinoe y luego calmadamente le sugirió: "Podemos empezar."

Ersinoe le respondió: "Sí, claro, cuando usted lo desee, señor."—Somos los Ancianos Galácticos —exclamó uno de ellos.

—Para que logres entender— le dijo la criatura femenina— somos los fiscales de esta parte de la galaxia —y luego continuó diciendo—: Estás aquí porque eres único en tu especie que puede hablar y logra entender lo que expresamos y eso lo hace extraño para nosotros, que no lo hemos presenciado en millones de años.

Uno de los Ancianos que estaba sentado en el otro extremo le habló con tono suave pero firme: "En este momento tu rostro recorre la galaxia.

—Humanoide que habla! —acotó otro. —Veremos si eres algo salido de los Controladores o si verdaderamente no perteneces a esta dimensión.

Luego uno de los que estaban sentados en el lado opuesto de la criatura femenina, exclamó dirigiéndose a ella:

—¡Su majestad!

La mujer, mirándolo, se dirigió a él: "¿Has tenido encuentro con algún Controlador de Luz?"

Tom, mirándola, negó con su cabeza.

—¿Realmente entiendes lo que hablamos? —volvió a asentir con la cabeza, sin poder moverse.

—¿De qué lugar provienes? Y si no eres de aquí ¿Quién te envió?

Tom se encogió de hombros, no podía moverse. La Anciana galáctica continuó diciendo: "Estás sujeto a la silla porque no sabemos si eres peligroso para ti mismo."

Tom le habló a Ersinoe, que estaba junto a él: "¿Le puede decir que esto no va a pasar?" Ella lo miró a los ojos, luego miró detenidamente a los Ancianos, como explicándoles todo telepáticamente. Asintieron con la cabeza, la silla dejó de ejercer atracción, luego Resk continuó diciendo:

—Puede entender todo lo que hablamos y escribimos. No sé cómo, pero no puede hablar ni escribir nuestro lenguaje.

Puede escribir... es más, lo ha hecho para nosotras —continuó explicándole ella— deja que te lo enseñe. Terek caminó hacia ellos e hizo un acto de reverencia, estos le entregaron un metal dorado del tamaño de una moneda, luego caminó hacia Tom y colocó este artículo en la palma de su mano derecha, para luego sugerirle apretar con cierta fuerza. Luego uno de los Ancianos le sugirió: "Escribe, escribe con tu mente, que Gabriel lo decodificará."

A estas alturas se preguntaba quién sería esta persona, su jefe o algo así, porque ya habían pronunciado su nombre. Tom frunció el ceño y comenzó a dibujar mentalmente. Dibujó el sol, la Tierra, la luna, estos quedaban plasmado en el aire en forma tridimensional.

Uno de los Ancianos, mirando a los otros, exclamó:

—¡¿Quiere decir que viene de aquí?!

Todos quedaron sorprendidos, luego este le preguntó:

—¿De qué constelación vienes o está tu planeta?

Tom quedó mirándolo pensativamente, luego su mente lo llevó a la pieza de Leslie, hasta el enorme sistema planetario pegado en la pared. Comenzó a dibujar lo que recordaba, aparte de lo ya dibujado agregó los otros planetas, luego el que está rodeado por los anillos, Saturno. Estos quedaron plasmados, pero no en correcto orden. Ersinoe le habló suavemente:

—Ahora indícales tu planeta.

Él la miró y caminó unos metros hasta palpar con su mano el dibujo de la Tierra.

Algunos de los Ancianos lo observaban sorprendidos y otros con una leve sonrisa en sus bocas, meneando sus cabeza negativamente, como si nunca hubieran observado tal cosa.

Hablaban entre ellos: "No sabemos si lo que está diciendo es la verdad o si nos está mintiendo."

Uno de los Ancianos refutó:

—¡Este espécimen está loco! Algún Controlador peinó su cerebro para que hable y hacerle creer que viene de aquí, ¡pero de otra dimensión!

—¿De quién fue esta obra, de que este espécimen crea que es de aquí? —preguntó otro. Luego los tres Guardianes se acercaron hasta los Ancianos y comenzaron a dialogar entre ellos, ante lo cual todos les prestaron suma atención.

Tom insistió con movimientos de sus manos y hablaba al mismo tiempo, tratando de darles a entender que estaba sobre la rueda de la verdad. Terek se acercó y tomándolo de la mano, lo condujo hacia el dibujo del planeta Tierra.

—Este es tu planeta ¿verdad? —Tom gritó:

—¡Sí es ese! —la criatura lo observaba.

Uno de los Ancianos le preguntó:

—¿Cómo es la especie de dónde vienes? ¿Qué respiran? ¿Cuál es su alimento? ¿Son inmortales?

A estas alturas las criaturas estaban interesadas en los actos y gestos que hacía Tom. Entró en confianza con ellos y ejerciendo presión sobre el diminuto artículo que poseía en su mano, comenzó a dibujar nuevamente. Primero fue una mujer, luego un hombre, dibujó las construcciones que allí se hacían, los árboles, montañas y todo lo que en ese momento recordaba. Resk le sugirió dibujar lo que consumían y animales que él conocía. Tom lo miró un poco sorprendido pero accedió a la petición de él, las vacas quedaron plasmada en el aire. Camiones donde estas eran transportadas, garabateó a sus congéneres consumiéndolas. Las criaturas se miraban unos a otros y comenzaron a reír y murmurar entre ellos, a estas alturas todos los Ancianos estaban riéndose de los dibujos que plasmó. Ersinoe le preguntó:

—¿Así es que el alimento en tu planeta son criaturas como nosotros? —Tom Asintió con su voz. Ella continuó preguntando:

—¿Son igual que nosotros? —le contestó que sí. Tom comenzó a caminar en cuatro patas, dándoles a entender que esa era la forma en que se movilizaban. Los Guardianes comenzaron a reírse.

—Esas criaturas que nombras… ¿hablan? —le inquirió Lar. Tom le contestó que no, luego comenzaron a reír al observar a los bovinos pastando en las praderas de acuerdo a su dibujo. Los Ancianos sonreían y meneaban la cabeza en señal de desaprobar todo lo presenciado.

—Está loco, alguien tocó su mente para que creyera todo lo que dice. ¡Se está mintiendo a sí mismo! —exclamó uno de los Ancianos.

La Anciana se levantó de su silla y caminó hacia Tom. Su estatura, que él calculaba era aproximadamente de tres metros, intimidaba más que su rostro. Apoyó sus dos manos en el hombro de él.

—Mi nombre es Huma —se presentó y luego señaló los dibujos plasmada— ¿Así que provienes de otra dimensión? ¿Tienes idea de cómo llegaste aquí? —luego volvió a señalarle—: este es tu planeta ¿verdad?

Tom volvió a asentir con un "¡Sí!" Huma negó con su cabeza para luego decirle:

—Este planeta es nuestro. ¡Estamos aquí hace millones de años! ¿Entonces provienes de nuestro planeta? —Tom negó con su voz— Si no provienes de aquí ¿de dónde provienes, según tú?

Tom levantó su cabeza y se encogió de hombros, para luego musitar: "No sé." Huma comenzó a sonreír contagiando a las otras criaturas, luego levantó su voz para preguntar al aire:

—¿Estás al tanto de todo, Gabriel? —la voz retumbó como un trueno en el vasto recinto.

—¡Claro! Y estuve disfrutando de esta comedia —respondió irónicamente Gabriel. Huma prosiguió:

—¿Crees poder lograrlo, Gabriel? —la voz le respondió—: Recuerda, las manos de los seres de Luz fueron mis creadores.

—¡Tienes toda la razón! —acotó Ersinoe. Luego la voz continuó:—Antes de que tú estuvieses, yo he estado —Huma sonrió y lanzó unos besos al aire.

—¡Te queremos, Gabriel! Te queremos.

Tom giró su cabeza buscando el origen de la voz. Ersinoe pareció leer su mente y se acercó con una tierna sonrisa; colocó su mano izquierda en su hombro derecho y observando a Huma, le explicó:

—La voz que acabas de escuchar es Gabriel, la mente artificial más grande que haya conocido esta parte de la galaxia.

—Muchas gracias por el cumplido —respondió Gabriel.

Tom volvió a observar en todas direcciones, las dos criaturas sonrieron.

—Estás dentro de él —le explicó Huma. Todo lo que ves alrededor es él.

Tom, escéptico a lo que decían, esbozó una sonrisa burlona. ¿Cómo puede haber una computadora tan grande, del tamaño de al menos tres estadios de futbol? —pensó.

—Así es, Tom. Estás dentro de mí aunque suene inverosímil —sonó la voz metálica. Tom meneaba su cabeza en señal de desconcierto, luego esta voz en "off" se dirigió hacia él:

—En concordancia con todo lo que he presenciado y has plasmado, y debido a que es mi obligación llegar a la meta de la verdad, me introduciré en tu mente. Si eres de aquí, en un segundo lo sabré, o de lo contrario, viajaré a través de ti en las edades hasta llegar al que te dio el ser; decodificaré hasta lo más íntimo de tu cuerpo y de qué estas compuesto, si eres luz u oscuridad. Sólo en este camino podemos llegar a una conclusión. Si eres producto de algún Controlador de Luz, o eres veraz en tus dichos. No tengas miedo —continuó la voz— sentirás en tu cuerpo pequeñas descargas eléctricas, pero no te alarmes.

Tom sintió nuevamente el contacto de la silla en su cuerpo, esta lo elevó a casi dos metros de altura. Una luz blanca que sobrepasaba al sol conocido por él, lo enceguació. Comenzó a girar vertiginosamente para luego sentir pesadez en sus párpados, luchaba para no dormirse, recostó su cabeza en el asiento y en ese estado pudo observar enormes planetas pasar a su lado. Estrellas gestándose en su capullo, galaxias enteras siendo conquistadas por seres de pesadilla deslizándose por soles en su interior. Seres angelicales cantando melodías que solo vibran en nuestra imaginación.

Tom abría grandes sus ojos, por momentos tratando de despertar. Observó multitudes de legiones que podrían cubrir los océanos de seres tan horribles como una pesadilla, preparados para la batalla. Atravesó mares tan inmensos como su planeta suspendidos en el aire, pudo ver planetas siendo iluminados por la sola presencia de sus habitantes; observó a un hombre siendo humillado y defenestrado por querer que nos amemos unos a otros, y un pequeño grupo que lo consentía. Palpó espacios de tiempo tan negros como la profundidad del mar, constelaciones de seres de luz con su espadas desenvainadas. Rocas flotando en ese universo infinito. Luego se deslumbró con una pareja en armonía con los anímales, sin estos infringirles daño.

Súbitamente hubo una explosión, para dar luego paso a la oscuridad. Repentinamente se vio caminando cuando era un pequeño de tan solo siete años, jugando con su inseparable amigo de la infancia, Carlos. Esbozó una sonrisa de felicidad, luego todo quedó tapado por una luz y por último la nada. Su cabeza era perforada por mil agujas cascabeleando en infinita espiral, abrió lentamente sus ojos y lo primero que observó fue el dulce rostro de Ersinoe. La miró desde su letargo y ella acarició su rostro con su mano derecha, para luego esbozar: "¡Lo has hecho muy bien!"

—¡Casi no lo logro! —replicó la voz de Gabriel— estaba en la línea de regresar, pero lo he conseguido. Ha provenido, porque nada quedó de ellos, de un lugar primitivo hasta el límite. No dominan el espacio tiempo, cero telepatía, tampoco pueden proyectarse. Trataré de decodificar el tiempo, espacio y luz que he transitado para analizar de acuerdo a las memorias que poseo y determinar exactamente si estoy en lo correcto con mis datos, pero temo no equivocarme.

—Nuestra confianza está en tus manos —le replicó Huma— has estado aquí millones de años antes que nosotros y eres la razón de nuestra presencia.

—Gracias, muchas gracias —respondió Gabriel, para luego cambiar su voz a un tono dramático— se sorprenderán de lo que he encontrado en él. Su peregrinar es de solo unas cuantas horas en su lugar, son animales inferiores viviendo en la oscuridad de su mente. ¡Preparen sus ojos, mis queridos Ancianos, Guardianes, Tera, Resk y mi especial Ersinoe! Sus sentidos puestos en estas proyecciones… Todos giraron sus cabezas hacia determinado punto de la enorme bóveda, las imágenes comenzaron a visualizarse; los homicidios cotidianos reflejados en el planeta, como si todo el planeta estuviera bajo un conjuro cosmico,los virus aniquilando multitudes, dejando a su paso una masa sanguinolenta de impotencia y resignación, la raza humana entera poseída por una fuerza demoniaca que los hacia colisionar y alimentarse de esa energía negativa, las criaturas pudieron ver el planeta bañado en sangre guerras entre los humanos desde los albores de este, a través de las edades, en diferentes partes del planeta. Bombas cayendo de los aviones sobre la población, el ser humano aniquilándose por ideas de adoración.

Tumultos de personas en diferentes ángulos de la Tierra, reprimidas por el poder de unos cuantos. Personas famélicas caminando en los tiempos que esperan con ansias partir de ese infierno, niños muriendo de hambre por la mentira del hombre, cual cadena sin romper. El ser humano considerado el animal más inteligente y creado a imagen del Dios invisible, dando muerte a los animales, por placer, solo por obtener un pedazo del botín y colocarlo en su vidriera personal.

El ser humano escudándose en la ciencia creando el mal y luego su cura, infectándolo todo con sus potentes microscopios, usando su inteligencia para descubrir el mal con qué dañar a sus congéneres en vez de buscar la paz y la cura, porque las enfermedades son redituables, tanto o más que el oro negro para una pequeña casta, no importando si en el camino se tengan que poner cuerpos en la fosa. Es su ambición de conseguir la luz que mueve el mundo, aunque se tenga que plantar cardos y espinas, porque a fin de cuentas ellos no la transitarán.

El ser humano aniquilándose por rocas de felicidad tan efímera como la llama de un fósforo, el hombre y sus miserias expandiéndose como funestos tentáculos infectando el planeta. Los niños siendo explotados y esclavizados hasta el límite por su misma raza, antes y en el modernismo, porque ante nuestro Creador somos la raza humana, una casta viviendo en la opulencia y oscuridad, haciendo enfrentar a los pueblos subyugando al otro en su avaricia y empujándolo a subsistir de la basura. La esencia del mal y la mentira enquistado en lo más profundo del hombre, contaminándolo todo, desde los albores de la humanidad, como un potente virus que navega a través del tiempo. La inteligencia del hombre es peligrosa, tan peligrosa que siempre conduce al abismo y a la oscuridad.

Los Ancianos, junto a las otras criaturas, contemplaban la escena y se observan unos a otros en señal de desconcierto. Gabriel pudo leer los recuerdos de un solo hombre, extenderse hasta lo más íntimo y recóndito de su memoria ya olvidada, viajando hacia su pasado y el pasado del hombre sobre la Tierra, plagado de egoísmo, alejados de las leyes del Creador del Universo y viviendo en la oscuridad con el mudo testigo del astro rey brillando sobre sus cabezas. Naciendo y reproduciéndose a través de las edades, con los ojos ciegos bien abiertos.

Las trece criaturas observaban ensimismadas las imágenes. Ersinoe tenía puestas sus dos manos en su boca, en señal de no creer lo presenciado. Meneaba la cabeza de tanto en tanto. Tom giró su cabeza lentamente y juró observar una lágrima correr por el rostro de Resk.

—¿No siguen al señor de la luz? —se preguntó uno de los Ancianos.

—¡Para nada! —le respondió Huma.

Ersinoe levantó su mano en señal de detener todo.

—¡Son primitivos! —afirmó la voz en "off" con cierto tono de melancolía. Uno de los Ancianos se acercó pausadamente, como si tuviese millones de años en su cuerpo e hizo la pregunta senil que ha estado en el hombre a través de los tiempos:

—¿Por qué se aniquilan entre ustedes? ¿Por qué tanta maldad? ¿Por qué son tan primitivos? y quedó mirándolo desde su estatura que lo llenaba todo. Luego fue Terek:

—¿Por qué se conquistan ustedes? ¿Por qué viven alejados de los seres de luz? —suspiró hondo y decidió no preguntar más— de verdad eres un animal peligroso con el entorno que te rodea y para ti mismo —le confesó Huma.

—Ahora sabemos que no mientes —le dijo Ersinoe, pero debemos encontrar el exacto lugar de donde provienes… Gabriel se ocupara de eso.—Perteneces a una sociedad perdida y controlada por la oscuridad —acotó Lar— no comprenden o no quieren aceptar las leyes del universo —continuó diciendo. Tom los observaba, porque no podían salir de su sombro. Ahora sí sabían de dónde provenía y que en ningún momento trató de mentirles, pero todavía en su balanza pesaban más las preguntas que las respuestas. Luego comenzó a gesticular y a hacer ademanes en el aire mirando a Ersinoe. Huma se acercó, parecía leer sus pensamientos. Mirándola asintió con la cabeza, ambas se miraron profundamente, luego Ersinoe apoyó su mano derecha en su hombro izquierdo, lo observó fijamente a los ojos, una mirada intensa pero cargada de paz y luego le preguntó:

—Quieres saber de nosotros ¿verdad? —Tom asintió— ¿También quieres conocer cómo evolucionamos como sociedad?

—Luego esta giró su cabeza hacia los Ancianos que estaban todos de pie, como pidiendo su consentimiento para continuar. Asintieron con un imperceptible movimiento de cabezas. Ersinoe respiró hondo y esbozó una sonrisa de compasión, para luego humillarlo con palabras de que su raza estaba o está a millones de años luz de conseguirlo por la avaricia, ambición y debido a su placer de vivir en la oscuridad, la mentira y con los sentimientos muertos, que vivir en la luz.

—¡Nosotros no morimos! Cuando nacemos nos acorazamos con la Luz. Hemos logrado asimilar y conquistar todas las leyes del universo para aplicarlas a nuestra raza y vivir en paz por siempre, no solo en el hacer sino también en el pensar. Somos luz porque nuestro Creador es luz.

Cada palabra caía como las puñaladas de Caín sobre su hermano en la mente de Tom, ella continuó hablando:

—No tenemos guerras, no tenemos enfermedades, por lo tanto no tenemos centros sanitarios. Hemos perdido la costumbre del cuerpo, poseemos un solo idioma galáctico —quedó pensativa un rato y luego le dijo algo que en ese momento Tom no comprendió—: En cuanto a lo que has visto, está todo en tu imaginación.

Tom la observaba atónito, no podía concebir tales palabras, fueron como cachetadas a él y su propia raza. ¿Cómo estas vacas podían haber evolucionado tanto hasta alcanzar ese estado de tecnología tal, que la muerte no se nombraba? Decían haber adquirido todo el conocimiento del universo y que fueron creados por seres de luz. Sintió un frio recorrer su espalda, como un cascabeleo de huesos burlones. Se volvió a preguntar en qué lugar del universo se encontraba, volvió a mirar a Ersinoe e hizo señas con su mano derecha. Esta vez fue Tera la que se acercó a él y apoyando su mano en su cabeza, miró a este y luego le habló:

—Te lo ha dicho ella. Hemos perdido la costumbre de nuestros cuerpos —luego alzó el tono de su voz y dijo—: Por cierto, Gabriel tiene esta respuesta.

La risa en "off" retumbó en la enorme bóveda dorada, al tiempo que descargas eléctricas surcaban sus estructuras.

—Quiere saber tu tiempo, Ersinoe —espetó Gabriel.

—Esa respuesta te la dejo a ti —respondió ella— creo que está interesado en ti, mi amada Ersinoe —dijo en tono irónico Gabriel, despertando una enorme carcajada de esta y las otras criaturas, luego la mente artificial se dirigió a Tom:

—Quieres saber cuánto tiempo posee ella ¿correcto? —Tom respondió que sí con su voz, al tiempo que buscaba el sonido de la voz. Gabriel le respondió:

—Resk, Ersinoe y Tera son las más jóvenes de este grupo. Tienen tres mil de años cada una…

Tom dio un respingo hacia atrás y esbozó una sonrisa socarrona ¿Cómo puede ser que estas vacas —que en lo único que se diferencian de las que él conoce, es que caminan como humanos— hayan logrado tener este tiempo de vida? Meneo su cabeza, abrió grande su boca, como pez fuera del agua y luego se sentó desconcertado. Las tres criaturas lo observaban con melancolía.

—Te lo he dicho —espetó Gabriel— fueron primitivos hasta el límite porque la oscuridad ganó terreno en el corazón de ellos.

Ersinoe le preguntó con cierta tristeza:

—¿Estabas feliz de vivir allí, donde tu tiempo es solo de unas horas?

Tom se encogió de hombros sin contestar, acto seguido todas las criaturas comenzaron a mirarse unos a otros y sus cuerpos destilaban una luz blanca. Tom no logró captar ningún sonido salir de sus bocas, era como si se estuvieran comunicando telepáticamente. Luego Ersinoe se volvió hacia él y tomándolo de la mano izquierda con sus dos manos, qué rayo de paz sintió en ese momento, pero calló. Le habló suavemente:

—Te llevaremos a un lugar para que puedas descansar. Puedo sentir tu espíritu desgastado por todo esto. Gabriel reordenará sus archivos para detectar de qué lugar provienes.—Creo que nos dará una sorpresa —acotó la voz de la computadora.

—Puede ser, puede ser —le respondió Ersinoe— confiamos en nuestra tecnología para enviarte de regreso…

Tom caminó hacia donde le indicó esta, pero luego repentinamente volvió sobre sus pasos y comenzó a hablarle a Ersinoe. Gabriel le contestó:

—Está deseando saber dónde está ahora. Estoy en lo correcto ¿verdad?

Tom respondió afirmativamente con su voz. De pronto el vasto universo se proyectó ovalado ante sus ojos, tan grande como una pantalla de cine y dos pequeños puntos amarillos fosforescente en cada extremo titilaban. Ersinoe se acercó a la figura que estaba en un extremo y con su dedo le indicó:

—Este es nuestro hogar, el planeta Luz, el cual tú llamas Tierra —luego caminó hacia el otro extremo y levantando su cabeza hacia arriba dijo en voz alta—: ¡Y este es nuestro amado Gabriel! —Por ser tan dulce es que te amo, Ersinoe. La paz que posees es lo más sublime en ti —se escuchó decir a la voz en "off" para luego añadir—: Estoy cotejando el tiempo espacio en mis memorias para descifrar de dónde provino…

REGRESO

Tom, completamente desnudo y cubierto por espesos vellos, caminó hacia el enorme dibujo y volvió a preguntar señalando los dos puntos fosforescentes. Encogió sus hombros y con sus manos hacía ademanes de cómo es que recorrieron esa distancia.—Explícale tú —dijo Gabriel a Ersinoe, esta lo miró y meneaba la cabeza en señal de desconcierto.

—Todo el universo es un gran imán, hay corredores que hemos construido y nos movemos a velocidades siderales dentro de estos corredores, o en determinados momentos nos transportamos con nuestra mente hacia el lugar que deseamos.

Tom no logró entender pero de todas formas aceptó con un sí de voz, luego caminó hacia donde Ersinoe le indicó, la enorme puerta se recortó. Caminó lentamente y giró su cabeza, buscó hacer contacto visual con ella, esta lo observaba con una mueca de sentimiento en sus labios. Tom tragó saliva y pudo jurar que el sentimiento más sublime del ser humano tocó su corazón por esa criatura, quizás por esa paz que el ser humano busca y no la encuentra y se refugia en lo efímero. Bajó su cabeza y atravesó el enorme portal, Resk, Tera y los tres Guardianes lo contemplaban esperándolo fuera, luego volvió a girar y quedó parado mirándola. Ella levantó su mano en señal de despedida, él levantó su mano derecha y sintió un fuerte impulso de correr a abrazarla; la puerta desapareció ente sus ojos, palpó con su mano derecha la estructura, bajó la cabeza y caminó unos pasos para luego levitar por ese enorme pasillo, hasta llegar a determinado lugar. Sus pies hicieron contacto con el piso, Resk apoyó su mano izquierda en su hombro y le preguntó:

—¿Te encuentras bien? —le contestó que sí y levitaron hasta la salida de esta enorme estructura. Una vez fuera de esta levantó su cabeza y la enorme nave lo estaba esperando, descendió, subieron a ella y Tom se sentó y apoyó su cabeza en el confortable asiento y se quedó profundamente dormido. Despertó sentado en la silla levitando en diferente lugar, que parecía ser una enorme sala blanca; miró a su alrededor y se dio cuenta de que no estaba dentro de la nave. ¿Cuánto tiempo estuvo durmiendo? —se preguntó. Tera lo observó y le volvió a preguntar:

—¿Te encuentras bien, Tom? —asintió con su voz al tiempo que se paraba, miró a su alrededor, no sabía dónde se encontraba Terek. Apoyó su mano en la pared y la puerta oval se dibujó en la pared. Este amablemente le hizo señas para que entrase, Tom caminó unos pasos y miró a su alrededor en ese amplio salón, luego Lar le sugirió sentase en la cama, que pronto ellos volverían por él. Resk se acercó a Tom y apoyando sus dos manos en sus hombros lo miró intensamente para luego decirle:

—No temas, nada te sucederá, pronto te traerán comida. Descansa, que Ersinoe y los Ancianos obtendrán la fórmula para enviarte de regreso.

Tera se acercó y comenzó a acariciar su cabeza, que en ese momento era un torbellino de preguntas. Al cabo de unos minutos, Ra se acercó y le mostró un lado de la pared.

—Mira la pantalla —le ordenó a Tom y este se levantó y caminó hacia el lugar, luego giró su cabeza hacia Ra, este lo observaba con una leve sonrisa en la boca.

—Ordena con tu mente que se encienda la pared —Tom miró fijamente hacia esta, de pronto la enorme pared se volvió una pantalla en donde podía verse a sí mismo cuando era capturado por las criaturas en la planta donde se encontraba; las cinco criaturas le observaban paradas desde unos cuantos metros, luego con su mente ordenaba a esta cambiar de estación y esta seguía sus instrucciones. Resk y Tera lo contemplaban desde sus estaturas como a un niño entreteniéndose con un juguete nuevo. Los Guardianes esbozaron una sonrisa, al tiempo que saludaban a estas con un fraternal beso y abrazo, luego Terek se acercó a Tom y le estrechó la mano. Pudo sentir las descargas eléctricas recorrerle su cuerpo, aniquilando los virus de maldad que heredara a través de los tiempos. Lar también estrechó su mano y por último fue Ra. Cada apretón de manos era parte de maldad que estos succionaban de él, caminaron hacia la puerta y volvieron a despedirse de las dos criaturas femeninas. Tom seguía contemplando la pantalla, todos hablaban del humano que hablaba, que podía entender el idioma de ellos, que nadie podía explicar el origen de este, que era la primera vez en millones de años. Tom se acercó a Resk y le preguntó:

—¿Qué van a hacer conmigo? ¿Me va a suceder como a los otros para luego devorarme?

Ambas sonrieron con ternura...

—Ten paciencia, que Gabriel está decidido a regresarte.

Tera se marchó del recinto y Tom quedó sentado en la cama, observando la enorme pantalla y a Resk que estaba enfrente también observando. Al cabo de unos minutos Tera regresó con una bandeja dorada, se acercó y le obsequió uno de los frutos que estaban en esta. Tom lo tomó y comenzó a devorar con apetito, ambas lo observaban para luego decirle:

—Nos marchamos. Descansa, que pronto regresamos.

Luego se retiraron. Tom esperó varios minutos y comenzó a escrutar todo el recinto, saltó de la cama y se aproximó hacia la puerta que había desaparecido ante su vista. Se acordaba de la primera puerta y ¡Bingo! Una diminuta luz negra del tamaño de la cabeza de un fósforo estaba a dos metros de él, saltó y logró tocarla con la palma de su mano. Esta se abrió ante sus ojos, asomó la cabeza al enorme pasillo iluminado, nada. No observó a nadie, quedó en esa posición por varios minutos, giró y se dirigió a la pared opuesta a la pantalla encendida. Miró con atención y descubrió otro punto negro en la pared, brincó hacia este, apoyó su mano, lo mismo que hacían las criaturas. Una enorme ventana de dimensiones colosales que abarcaba casi toda la pared en horizontal y vertical desde su mentón hasta más de tres metros de altura, apareció ante sus ojos. A través de esta pudo contemplar que era de noche, palpó con su mano y le sucedió lo mismo que la primera vez, esta poseía una coraza trasparente, dura y suave al tacto, como cristal. Era como si el aire estuviera solidificado. Era de noche, eso fue lo que pudo percibir, miró detenidamente a través de esta y a decenas de metros parecía estar un bosque. Sí, era un bosque, miró con más detenimiento, ahora podía ver los árboles. Dio otro salto y volvió a tocar el botón negro y este dio lugar a una suave brisa que lo acarició, respiró profundo el aire, dio un brinco y se sentó en la pequeña cornisa que poseía esta. En el momento en que iba a asomarse, una pequeña esfera multicolor apareció ante él, lo observó unos instantes, súbitamente otra hizo su aparición y ambas lo observaron por escasos minutos y luego se retiraron en opuestas direcciones. "Son cámaras de vigilancia voladoras" —pensó. Qué inteligencia tenían estas criaturas o ¿quién se los dio para poseer esto? Logró asomar la cabeza con cautela hacia afuera de esta, no observó a nadie en ambas direcciones. Luego giró la cabeza hacia la puerta, no logró percibir ningún sonido proveniente en esa dirección. Decidió cerciorarse y saltó y se acercó a la puerta, pulsó el botón y la puerta le ofreció acceso, volvió a asomar la cabeza cautelosamente, no divisó a nadie en ambas direcciones. Era como si se hubieran evaporado, o su mente le estaba jugando una mala pasada. Llevó una enorme bocanada de aire a sus pulmones y caminó hacia el enorme ventanal. Mil ideas galopaban en su mente, si seguía allí sin intentarlo, de seguro terminaría en algún plato de estas criaturas —pensó. Observó a través de esta y una cámara de seguridad pasó sin detenerse, espero unos minutos, era ahora o nunca y bien o mal su suerte estaba sellada -se dijo a sí mismo. Trepó en la ventana, su corazón pulsaba a la velocidad de un carro de guerra, saltó y echó a correr con la máxima velocidad que daban sus piernas; era una carrera desenfrenada hacia la libertad, según su humana sabiduría. Ersinoe levantó su cabeza en ese momento, apretó sus labios en señal de saberlo todo y asintió con su cabeza. Los ancianos la miraron con la premonición en sus manos y chasquearon sus labios. Gabriel los sacó de ese peculiar momento.

—Volverá, Ersinoe, volverá —retumbó la voz.

Tom, con un instinto que poseemos todos los mortales, giró su cabeza y una de las cámaras estaba detrás de sus pasos, siguió su velocidad sin voltear. Ya cerca de su destino volvió a girar la cabeza. El instinto del ser humano ante el peligro. No era una sola cámara ahora la que estaba detrás de él, eran varias de ellas, las luces que destellaban en la oscuridad las delataban. Luego, una voz metálica, sonido de bocina y la voz telepática que retumbó en su cabeza:

—¡Deténgase, por favor deténgase!

No quisieron hacerle daño —pensó, porque de lo contrario este acto no hubiera pasado. En ese momento logró introducirse en el bosque y correr con más vehemencia. ¿A dónde? No lo sabía, solo quería alejarse de esto, volver a la Tierra o despertar de esta pesadilla intergaláctica. El bosque donde se encontraba era como una plantación de pinos, sus pies hicieron contacto con las hojas y pequeñas ramas caídas, eso creyó percibir con sus pies desnudos. Pudo observar las luces de algunas de estas esferas sobre las copas de los árboles, algunas de ellas a metros de donde estaba. Siguió con su loca carrera haciendo caso omiso a la voz sugiriéndole que se detuviera. Las luces estaban un poco rezagadas, las esferas que sobrevolaban proyectaban una luz blanca, iluminándolo todo. Prosiguió su camino, se detuvo llevándose las manos a ambos oídos, en un intento de interrumpir la voz que retumbaba en su cabeza: "¡Deténgase, deténgase!" Con sus manos en esa posición trotaba sin detenerse, un enorme claro apareció ante sus ojos, donde no había nada, era completamente sin maleza o árboles. Al terminar este páramo, el bosque continuaba. Lo separaban escasos treinta metros para llegar al otro lado, las potentes luces lo estaban esperando iluminándolo todo desde el aire. Giró la cabeza y con desesperación notó que algunas de ellas estaban cada vez más cerca; miró hacia lo alto y el haz de luz de una de estas hizo contacto con su persona. Estaba totalmente agitado, nunca había corrido de esta manera, no lo dudó un instante y su instinto lo empujo a correr nuevamente, lo hizo como si la vida se le escaparía de sus manos. Las luces comenzaron a iluminar su persona corriendo. Al encontrarse en el medio de este páramo observó luces violeta desprenderse de estas esferas, estos rayos violetas hicieron contacto con el piso delante de él y súbitamente chocó contra algo blando y esponjoso que lo hizo rebotar y dar con su persona en el suelo. Se incorporó y trató de romper ese algo invisible que estaba delante, imposible. Tom perdió toda esperanza, se arrodilló, levantó las manos al cielo y comenzó a llorar, luego una luz muy blanca lo iluminó, lo cegó de tal manera que no podía ver, cerró sus ojos y esperó su final, cual víctima de una jauría despiadada.

Silencio total. Se encontraba en un sueño o algo parecido, acostado en una camilla, con seres de luz muy brillante que lo rodeaban y hablaban algo incomprensible para él. Sentía en todo su cuerpo un aire frio recorrerle, a duras penas pudo observar a estos seres caminando alrededor de él. No lograba captar si estaba soñando o si era realidad lo que presenciaba, las luces que emanaban de estos cuerpos iluminaban todo el recinto y no tenían necesidad de luz. Uno de Ellos se aproximó y puso su mano sobre su cabeza y le invadió un sueño profundo. Una profunda paz lo asaltó, era como si hubiera estado en el paraíso, no poseía sentimientos en ese instante. Deseó estar así el resto de su vida, era una absoluta y sublime paz.

Ersinoe estaba sentada junto a Huma, ambas tenían en sus manos unos discos transparentes. Uno de los Ancianos la miró y esbozó su pensamiento"

—Sabíamos que esto iba a ocurrir —Huma le contestó—: Tienes toda la razón, Telek, tienes toda la razón. ¿Qué opinas a todo esto, Gabriel? —la voz metálica le respondió:

—Creo que mis ordenadores de tiempo, espacio y luz lo han detectado, pero quiero corroborar si estoy en lo cierto —Huma preguntó:

—¿Crees que es producto de laboratorio?

Nadie respondió. Gabriel le contestó pasados varios minutos:

—No, no creo. Estoy a solo horas luz de saber de dónde provino —luego añadió—: Se sorprenderán al escuchar esto que les digo —las ocho criaturas estaban expectantes por la respuesta de la mente artificial.

Tom seguía durmiendo, despertó poco a poco y se incorporó. Estaba adormecido y con la vista un poco borrosa, estaba algo oscuro a su alrededor. Intentó levantarse de esa posición y sintió que caía, se sujetó fuerte de algo, quedó aferrado. Observaba que estaba sobre un árbol, el piso se encontraba a unos tres metros debajo. Colgado hizo un esfuerzo sobrehumano y logró trepar, ya estaba plenamente consciente de donde estaba: era un bosque. Observó árboles por doquier, la oscuridad huía ante la luz que comenzaba a ganar terreno. Estaba amaneciendo, quedó varios minutos en silencio observando en todas las direcciones, escuchaba a las aves saludar a la luz naciente, hacía calor. Sus ropas las tenía puestas. "¿Qué pasó?" —se preguntó. Palpó todo su cuerpo, eran las ropas que tenía puestas cuando estuvo manejando. "¿Dónde estoy?" —se volvió a preguntar. Se volvió a palpar todo y notó que todo era real. No estaba cubierto de vellos, estos desaparecieron completamente. ¿Dónde estaba ahora? ¿Qué estaba pasando? ¿Y si estaba soñando? Preguntas que danzaban en su mente. Volvió a palparse y notó que todo era real. Descendió con mucho esfuerzo, aturdido en su mente por todo lo que había visto, descendió hasta hacer contacto con el piso. Había maleza en este bosque, era casi similar a la vegetación terrestre —pensó.

La vegetación le llegaba en parte hasta la cintura, comenzó a caminar lentamente, como un cazador furtivo. Siguió caminando varios minutos, hasta que advirtió un resoplido, luego siguió el silencio. Su corazón bombeaba sangre enloquecidamente, no supo bien de dónde provenía ese ruido, quedo inmóvil por varios minutos. Apoyó sus rodillas en el piso y se escondió de ese sonido invisible. Solo el cantar de las aves se dejaba escuchar, se incorporó lentamente observando en todas direcciones, sus sentidos se hallaban alertas al menor ruido extraño. De pronto, otra vez el resoplido pero esta vez más cerca, volvió a ponerse de rodillas y escuchó pisadas, muchas pisadas. Otra vez el resoplido, su corazón estaba a punto de estallarle, no sabía lo que era, quedó agazapado en esa posición.

Gabriel lanzó una carcajada de júbilo y luego su voz retumbó en el recinto:

—¡Bingo! —descargas eléctricas surcaron toda la estructura, recorrieron los cuerpos de las criaturas y el piso de diamante devolvió la luminosidad. Los siete Ancianos se incorporaron lentamente de sus asientos al tiempo que se observaban unos a otros con cierta felicidad en sus rostros. Ersinoe fue la que preguntó:

—¿Has logrado descifrar el acertijo, Gabriel?

La voz llena de júbilo le respondió sarcásticamente:

—Te lo he dicho Ersinoe. Antes que tú fueses, yo soy. Se sorprenderán con esto —la voz en "off" dibujó el planeta Tierra y luego le espetó:

—¡Él estaba en lo cierto! Lo enviaron desde aquí, de tu planeta, Ersinoe, pero a un millón de años luz de su presente.

Ersinoe se llevó sus manos hacia su boca en señal de sorpresa. Huma quedó asintiendo con la cabeza al tiempo que los demás se observaban unos a otros como si el desconcierto flotara en el aire.

—Pero te tengo algo positivo, mi amada Ersinoe: ¡Él volverá, él volverá!

Todos estaban perplejos en el recinto dorado.

Tom, agazapado, volvió a escuchar el resoplido cada vez más cerca, huyó a toda velocidad del lugar en sentido contrario y al abrir unas malezas se encontró casi rodeado por vacas que estaban pastando. Quedó sin aliento, no podía respirar, luego giró sobre sus pasos y se encontró frente a frente con uno de estos animales que lo mira desinteresadamente y luego lanzó un mugido: "¡Mmuuu…mmuuuu…mmmuu!"

www.ingramcontent.com/pod-product-compliance
Lightning Source LLC
LaVergne TN
LVHW091559060526
838200LV00036B/909